AF272017

Variationer på samma tema

ISBN: 978917518401

Vet inte vilket som är värst: mardrömmar eller krossade drömmar.
Kanske är det iaf bättre än krossat hjärta? Eller är det egentligen samma sak?

Kanske får man låta sig nöja, på den yttersta dagen, med vetskapen att man gjorde sitt bästa, sitt absolut yttersta. Och om det sedan inte var värt någonting i världen (om ingen annan hade kapacitet att uppskatta det) får man nöja sig med att vara sann i sitt hjärta... (och pank, för pengar får man bara om andra godkänner ens ansträngningar).

Det finns givetvis två sätt att värdera saker. Ett är i pengar. Det är det vi är mest vana vid. Vad är det värt, i reda kronor och ören. Allting har en prislapp. Men eftersom jag aldrig haft pengar räknar jag inte så. För mig är valutan alltid tid. Tid och hur den tiden sätter sina spår i kroppen. Hur ryggen känns vid dagens slut, och armarna, axlarna. Hur ofta nackspärren slår till, hur ofta magen är i uppror. Om jag somnar vid middagsbordet, om jag ens har tid för middag.

Så värderar jag en kostnad. Min plånbok är lika tom som alltid. Frågan är hur kroppen mår. Det är det som är kostnaden.

Och kanske gäller samma för drömmarna, för ambitionen, som för kärleken? Kanske är drömmen om kärlek den yttersta drömmen? Krossade drömmar, krossad kärlek. Kanske gäller samma: att jag vet vem jag älskar, men jag har inte tillåtelse? Han ropar på kärlek, ropar efter vänskap, önskar en kompanjon. Vem skulle det någonsin kunna vara, om inte jag? Skall jag leva i trygg förvissning om, att en skimär av lycka knackar på hans dörr, i form av någon annan, och låter det vara så? Skall jag nöja mig med det som blev mig erbjudet, skall jag sälja mig till ett lägre pris?

Samtidigt: allting som är värt någonting, är värt att kämpa för...

Så mycket kan jag ändå säga, att den kärlek som blivit mig given är en helt annan än den jag sökte. Så som den ser ut, är den en helt annan än vad jag önskade.

Vår käre Jonas Gardell sa: det är så mycket som kan vara fel! Fel kläder, fel hudfärg, fel hårfärg fel kön.

Han var någonting på spåren, men ändå inte.

Vet inte om du erfarit att den man söker, söker sig undan, och att man tills vidare får hålla till godo med det man blev erbjuden? Att inte själv välja, utan bli vald. Och bli vald av helt andra anledningar än dem man ville. Får helt andra drag av sin personlighet belysta, kanske drag man inte var så vidare nöjd med, rent av drag man helst hade undvikt att exponera, ens för sig själv.

För sådan är kärleken: hänsynslös. Den tvingar dig nära, nära inpå en annan människa. Inte nära som i kramar och kel, utan nära som i nära gränsen till sammanbrott. Och man bryter samman. Och man kastar de unkna spillrorna i ansiktet på sin älskare och säger "här har du" och hoppas att hen ska säga "o fy fan" stänga dörren om sig och dra. Men hen ler ett milt leende och säger "är det det bästa du kan?" Och så fortsätter man.

I den bästa av världar svetsas man samman till en enhet som vet allt om varandra; fis-lukt, stress-svett, annalkande migrän, och allt det där, som man helst sluppit ifrån. Men det är det

9

som håller en samman, för vem annars skulle stå ut med en när man är "sådär", vem annars skulle man exponera sig inför på det där viset?

Så hur mycket man än önskar sig en kärlek som sveper en från marken, får en att tappa andan, får det att pirra i magen, en kärlek som är stark och lojal, som är ens intellektuelle och fysiska jämlike, så får man nog nöja sig med en som står ut med ens fisar, och ens migränattacker utan att se nedlåtande på en.

-Hur är läget?

En vanlig enkel fras, som kan ge ett vanligt enkelt svar.

Eller inte.

På allvar?

Om du vill veta?

Om du orkar lyssna, så har jag en ganska utvecklad metafor:

Jag har gjort många små roliga saker:

Kört bil - jätteroligt!

Hjälpt min syster - känns jättebra!

Umgåtts med min mor - vilket faktiskt är som att komma hem.

Träffade min far - och vilken frihet att ta bilen dit och hem, komma å gå som man vill utan att vara beroende av opålitliga parametrar!

Träffade en mycket värdefull vän, och han hjälpte mig att andas igen.

Men ändå, när jag kommer hem, och allt är som vanligt igen... Jag går på mina kvällskurser, vilket är nice, och pluggar, vilket är kul, och kan när jag vill åka iväg i min bil, vilket är fantastiskt. Och jag jobbar och det är jätteroligt, men ändå... Känns alla de här vackra detaljerna som att strö glitter på en bajskorv.

Och livet; hur jag alltid ser på det som någonting jag måsta fixa.

Mitt liv behöver lagas. Vissa basala funktioner saknas.

Jag kan köpa nya skor, ny blus. Jag kan lära mig ett nytt språk och klippa av mig håret. Men det är alltid något som saknas.

Jag har sprungit marathon och tagit examen, jag har jobbat halvt ihjäl mig och rest till andra sidan jorden.

Försöker bädda med rena lakan och hänger fräscha handdukar i badrummet. Brygger kombucha och planerar matlådor, men det är ändå någonting som skaver. Någonting som inte stämmer. Någonting som inte kan köpas i mataffären.

Det handlar om förlåt.

Det handlar om ett värde som inte kan mätas i pengar.

Kanske handlar det om att romantisera minnet av ett avlägset förflutet. Kanske handlar det om att vara visare idag än igår.

Kanske handlar det om att komma fram till vad som är sant, vad som verkligen betyder något i längden.

Och på riktigt, i slutet av dagen, efter att allting har hänt, återkommer jag till detta; jag saknar dig.

Kära fredagsångest!

Jag behöver dig verkligen inte. Du kan gärna gå din väg och aldrig komma tillbaka, snälla gör det!

Vill du snälla sluta påminna mig om att jag fortfarande inte äger mitt drömhus, att jag fortfarande inte har mitt drömjobb. Att jag fortfarande halkar runt på nåder och tigger timmar här och där. Att jag ber om ursäkt för min ålder, att jag vet att jag måste verka störd för människor som inte känner mig. Min störning råkar vara att jag älskar att jobba, men att jag inte äger tillräckligt för att ha mitt eget. Tack för att du påminner mig om att jag har mina prioriteringar helt fel.

Tack för att du påminner mig om att kärleken i mitt liv fortfarande inte insett att det var vi som var meningen. Att han fortfarande söker med ljus och lykta efter någon med en beskrivning som ganska exakt passar in på mig. Men jag är inte hon, jag är inte kvinnan i hans drömmar. Så när han med jämna mellanrum ropar, och jag vill svara, och han väser "nej inte du" då gör desto ondare.

Tack kära fredagsångest, för att du påminner mig. Det var länge sedan sist, men nu är du här igen. Min plånbok är lika tom som den brukar, mitt rum lika tyst. I trapphuset ljuder fredagens alla sånger, skratt och skrän, klirrande kassar, klackar mot betongen, doften av cigaretter. Grattis, alla som firar sin fredag så.

Kanske är det bara olika variationer på samma tema...

Och det blir afton igen, och mörkret lindar in allting som borde vara och allting som var och allting som kommer att vara i samma sörja av ogenomtränglighet.

Bajskorven glittrar i sitt hörn; jag har kört bil, vandrat i solen, druckit lyxigt kaffe, fullföljt en plikt, organiserat mitt liv, tagit hand om kroppen och nu är dagen slut. Nu skall jag dra ner rullgardinen och låssas att allt är bra, att jag är nöjd med dagen, med mig själv, trots att du inte är här, trots att du inte hört av dig, trots att jag inte hört av mig...

Försöker desperat att inte verka sinnessjuk, men det är svårt. Håller mina känslor i kort koppel så att de inte skenar iväg med mig, men jag har mjölksyra i själen av att uppföra mig civiliserat. Vill ge dig en chans att närma dig, en nypa luft att blåsa tillbaka på mig. Men kanske kan jag bara uppföra mig till den grad att jag inte slänger mig huvudstupa i din famn helt utan förvarning. Kanske kommer jag sakta gående nerför vägen mot ditt hus en dag, kanske ser du mig på håll och vet var jag är på väg. Kanske väntar du tålmodigt, eller oundvikligt? Kanske låter du det hända, kanske markerar du din berömda gräns. (Du vet var gränsen går för allt som är anständigt.)

Har du blivit så herre över dina demoner, att de aldrig springer till skogs med dig igen? (Jag vill att du springer till skogs med mig.)

Vi rymmer, vi stjäl vilda hästar och uppslukas av morgondimman, strax innan solen går upp försvinner vi i horisonten på vilda äventyr...

Nevars, du sitter vid din dator och jag dricker mitt te, sedan släcker vi lyset och somnar, hud mot hud, vaggade till rytmen av våra andetag...

Det är söndag, och vad skall man göra med söndagar egentligen? De hänger som en halvt meningslös blindtarm i slutet av veckan: leder ingenstans, man funderar på om man kan operera bort den, för ibland blir den inflammerad och gör så himla ont! Men man låter den vara eftersom nya forskningsrön pekar mot att den kan ha en avgörande betydelse för återhämtning och nybildning av celler.

Längtar efter en promenad runt ån (inte ån så mycket som sällskapet givetvis). Funderar på om jag borde göra något huvudlöst och ge mig ut å köra många mil för att komma närmare mina drömmar. Kanske är drömmen som vilken dimma som helst, när man kommer nära upplöses den?

En person som jag var förälskad i frågade mig en gång : vad har du för känslor för mig egentligen? Och jag fegade ur och sa: det är inte viktigt. Kanske var det sant. Han var inte redo för mig, så jag lät honom gå. Men frågan hängde kvar långt efteråt. Och den är fundamental. Mina känslor för dig har nog aldrig förändrats. Vi var älskare, och det var mycket angenämt. Vi blev vänner och det var mycket angenämt. Men sedan blandade jag bort korten och förlorade dig ur min vardag och det gjorde mycket ont. Det har gjort ont varje dag sedan dess. Alldeles för många dagar.

Och god dag och god afton. Får jag bara säga att jag saknar dig? Jag börjar alltid med fb, och glömmer snabbt bort vad jag sökte där (en enkel hälsning, ett livstecken, en dörr på glänt) och kommer på mig själv med den alltför bekanta känslan av otillfredställdhet, men då är allt redan för sent. Klockan är för mycket och ensamheten för stor. Olika dagars olika namn och nummer passerar, i kronologisk eller annan ordning, alla med en och samma gemensamma nämnare; jag önskar dig.

Vi kommer aldrig att bibehålla lyckan, kan bara förnimma den korta ögonblick, och med det låta oss nöja.

Enkel lycka: att undgå nöd, att slippa frysa, slippa svälta, slippa utsättas för tortyr.

Men Lyckan, den med stort L: att finna leendet hos någon man älskar, att känna att ens hjärta är till brädden fyllt.

Den lyckan, som sveper undan långa mörka nätter, som fyller skira sommarmoln med innehåll. Den lyckan, är skör att önska och omöjlig att befalla. Den lyckan, rosenskimrande romantisk, som är stor och gigantisk och enorm, är en skimär.

Ser inte ut som vi tror. Presenterar sig i en underlig förklädnad, en lustig spegel återger vår bild, och vi förnekar oss själva.

Den sköra lyckan, om du vill fånga den, kan jag bara önska dig god jakt, och be för din sinnesnärvaro den sekund den slår till.

Vi andra väljer strävsamt att njuta av att vakna om morgonen, känna doften från köket, av kaffe och rostat bröd.

Du beskrev mig med ord från dina drömmar, som var så vitt skild från min verklighet, att jag antog att du talade om någon annan. Det största misstag jag gjort. Visste du? Att du innerst inne beskrev mig? Eller trodde du, likt mig, att du sökte någon annan?

Jag minns dig särskilt, eftersom du då var det mest osannolika som hänt mig. Då tog jag inget särskilt för det, räknade med att livet var fullt av sådana sammanträffanden.

Du är fortfarande det mest berusande som korsat min väg, men det är många år sedan nu. Osannolikt länge sedan.

Man önskar att livet kom med en bruksanvisning och ett facit, så att man visste vad man skulle göra. Men det hade kanske inte spelat någon roll. Vi gjorde allting tvärs emot alla rekommendationer, så kanske fanns facit där hela tiden, även om jag förstod det först nu?

Doften: av maten, härsket fett. Av håret, schampo. Av kaffe, står plattan på? Doften av sena nätter och trassliga lakan. Doften när man inte kan sova fastän klockan är tre - det är en speciell doft. En krydda som inte är oren, men ändå ryggar jag tillbaka. Hur kroppen är spänd, muskler som inte styr, huden som hettar och ryser på samma gång i den oheliga timman. Minnet av dig, din tvål, ditt leene när du vänder dig om.

Och nätter, alldeles för många nätter mins jag. Hög klar sommarluft och gräsmattor och parkpromenader. Strikta regler att hålla sig till. Inte hemfalla åt romantik eller drömmar. Vara här och nu, hur hemskt det än kunde vara, inte ducka för sanningen, se den i vitögat, vara här och nu, dra in doften av en falnad kärlek, en kvävd låga, ett värmeljus bränt ner till botten. Ett sådant sus i natten, av plåt och salt i överflöd. Så vi gjorde mot varan! Men vi var unga och fast beslutna att bita oss fast i det som var verkligt och inte i varan. Så vi bet hål i våra drömmar och frigjorde dem. Men doften finns kvar, som rökelse. Jag stryker håret ur pannan, ber en sista bön, vet att dofterna skall stanna, och att offer blir min lön.

I hallen står ormskinnsväskan med spännet uppknäppt. Den avslöjar ett lypsyl, ett paket tuggummi, ett kvitto från mataffären (bananer, hallon och 2 frallor). Ändå skräms den. Vad är det för ambition den avslöjar? Vem har klivit in i den där hallen och ställt ifrån sig den där väskan? Det skulle kunna vara vem som helst som bara kom förbi en eftermiddag, för att spela brädspel, hänga på soffan, laga en curry. Men för andra, som regelbundet passerar den där hallen, ställer ifrån sig väskor, i ambition att spela brädspel, hänga på soffan, laga en curry, markerar den där väskan en förändring.

Å ena sidan är det en återgång till det normala, eller det som alltid borde ha varit, men som inte var. För det har varit på ett annat sätt. Det har funnits ett outnyttjat utrymme, inte bara i hallen, i köket, på soffan... och inte för att någonting egentligen kommer att förändras, i hallen, i köket, i soffan.... Men luften känns annorlunda. En skrynklig pyjamas, en frisyr som den inte brukar. Barfota fötter över parkettgolvet, knän uppdragna under hakan, fingrar flätade om en tekopp - saker som borde ha varit, och har saknats. Men nu är ordningen återställd. Var sak på sin plats, var tid med sitt syfte. Förändringen: en ormskinnsväska med spännet uppknäppt.

Är jag hungrig? Törstig? Trött? Eller är allt bara en längtan efter dig? Eller är du bara det tillfälliga målet för min chimära hunger? Den här rastlösheten har haft olika måltavlor, olika namn, olika sätt att vara otillfredsställd...

Men jag dricker mitt te, och det är gott, och jag äter min mat, och det är gott. Jag låter mjuka lakan omsluta min kropp och somnar slutligen och sover en god sömn. Men när jag vaknar saknar jag dig fortfarande. Jag klär mig i mjuka kläder för att imitera minnet av dina händer, jag andas djupare för att höra min inre röst (din röst i mig). Jag arbetar med kroppen och hör din puls susa i mina öron. Jag lagar mat som du ville äta, jag klär mig som jag vet att du skulle gilla. Hela dagen tar jag hänsyn till dig, formar mig efter dig, önskar dig, bättrar mig, för dig.

Vad jag gör, som får mig så utmattad? Varför jag inte har
någon ork i kroppen? Varför dagarna går, en och en efter
varandra som en monoton last kol från malmbergen?
För att undvika sömnlöshet har jag effektivt undvikit att gå till
sängs för tidigt, eftersom sömnlösheten lätt kan driva en till
vansinne, och ju längre jag ligger sömnlös, ju mer plågas jag.
Så jag undviker sänggående så långt det är möjligt.
Men jag går upp när jag måste, ofta ganska tidigt, och därför
knallar jag runt hela dagarna med känslan av att
bränslemätaren visar rött. Jag kan sacka in vid vilken vägkant
som helst och inte komma vidare. Jag går på ångorna, och
rullar givetvis i nedförsbackarna, men om det bjuds motstånd
gnisslar maskineriet. Det finns inga extra reserver att tillgå,
jag klarar inte av att koncentrera mig, att gasa i
uppförsbacken, att accelerera genom en dypöl för att inte
köra fast...
Därför går jag runt med tunga ringar under ögonen.
För att jag saknar dig så sanslöst,
Jag har inte råd att vara utan dig...

Och en gång till, samma slitna spår, samma favoritlåt, samma klyschiga text som råkar tala all sanning jag inte tål att höra. Och ännu en gång är kvällen här med sin stora mörka säck där den gömmer allting.

Och jag har inte hunnit med, jag har inte vågat.

Jag har tusen saker på min att-göra-lista, ringa jobbiga samtal, diska, raka mig under armarna.

Inget av det har hänt.

Men det är när mörkret plötsligt står svart utanför fönstret som jag dör litegrann i hjärtat. Jag saknar dig så att det skriker, men jag väljer att distrahera mig med annat.

Jag ser film för att slippa tänka jobbiga tankar, jag låter det bli så sent att jag måste tygla mig själv, inte hemfalla åt enkla civilicerade lösningar (som är tillgängliga i dagsljus).

Bara höra av sig. Bara säga hej. Det hade kunnat vara så enkelt. Men jag gör det aldrig enkelt för mig, ellerhur?

Tappar bort tankar, ord. Det fanns en mening med allt det där, fanns en sensmoral att applicera, men den svischade förbi så lätt, lät sig inte fångas.

Några gånger har jag lyckats stöpa en form, gjuta liv i en tanke som kommit ut som en solid klokskap. Jag vill torgföra den, ge den erkännande. Men jag hittar den knappt själv i röran... och när jag snubblande snavar till med ett "javisst ja" så är det över alldeles för fort, och jag surrar vidare i något annat ovidkommande. Verkligheten glimmar till vid udda tillfällen, flirtar, man anar någonting i ögonvrån, men när man vänder sig om är det försvunnet igen. Den stora omöjligheten är alltför omöjlig. Den stora drömmen för mycket av en dröm. För andra kan den tyckas gripbar, enkel till och med. Men för den som drömmen tillhör är den lika skir som morgondimma, enkel att lösa upp, enkel att förbise.

Återigen: om det inte har något värde för andra, kan du aldrig ta betalt för det, och hur skall du då betala dina räkningar?

Visste att jag behövde storytelling. Visste inte vad jag behövde det till dock. Trodde i min enfald att det var en förströelse, ett tidsfördriv, och det skulle kunnat vara sant, men så var det inte. I storytelling är karaktärerna fiktiva, och har därför superkrafter. Ibland är de Marvel Comics, ibland är det bara sunt förnuft som bygger hela historien. Och i storytelling gäller frågorna dig. Eftersom berättaren har valt berättelsen, men erkänt den fiktiv, kan man enkelt strukturera om. Hur hade du valt? Vad är viktigt för dig? Drömmarna? Framgången? Kärleken? Det är en prioriteringsmodul, och du måste välja.

Jag kan inte läsa tidningar, eller se på nyheterna på tv, eftersom människors dumhet, eller enfald, får mig att vränga mig i mitt skinn. Jag står inte ut med att så många fortfarande inte har fattat vad om är poängen, hur man lyssnar och tar in en fråga, ställer den mot fakta man har från tidigare och omvärderar sin ståndpunkt. Hur kan det komma sig, att så många, vuxna, välbildade personer, inte har lyckats tillskansa sig de mest basala funktioner?

Messenger: du var där, jag skickade ett meddelande (till någon annan) och du var inte där. Jag väntade lite grand, hängde lite på tråden, läste ett annat meddelande, så var du där igen! Obeskrivligt hur ditt goa fejs kan värma så, hur din finurliga blick går rakt igenom mig. Jag höll mig kvar, bara för att se på dig. Är det oresonligt? Jag gjorde något annat, men höll appen öppen, dina ögon på mig... du flyttades ner ett steg, hjärtat i halsgropen - lämnar du mig nu? Nej, du hängde kvar ytterligare en liten stund. I ett obevakat ögonblick slocknar appen. När jag öppnar den igen, är du borta. God natt. Förlåt att jag är så störd, att jag är så ensam, att jag dyrkar dig så bottenlöst. Förlåt. Jag skall försöka låta bli. Försöka att inte vara så... onormal. Försöka vara beskedlig, försöka vara en vän. Bara en vän, inte mer än så. Jag önskar inte mer än så (jo det gör jag, men jag nöjer mig). Försöka vara en god vän, en vän god nog för dig. Förlåt.

Jag lurar mig själv. Det är mitt enda sätt att överleva. Jag har mina drömmar. Och så länge de är drömmar äger jag hela situationen. Så fort delar av dem realiseras, konfronteras jag med variabler av sanning, obändlighet och andras interaktion. Fakta som kan vara relativa i teorin, som kan förändras på ett andetag i min fantasi, blir plötsligt förankrat i realiteten, sanningen inte längre formbar, och andra ger sin version, sätter pinnar i hjulen, strör salt på jordgubbar, målar himlen grön...

Kanske föredrar jag mina drömmar ändå?

Med någon eftertanke, med någon sträcka tillryggalagd mellan mig och det senast inträffade, inser jag vilken idiot jag varit, ser var jag dribblat bollen, passat, och sedan inte inväntat returen, eller, när du försiktigt lämnar en öppning på glänt, och jag kavat kliver på i mina kängor, rakt förbi. Det är i det finstilta vi talar nu, eftersom du aldrig använder stora ord. Yviga gester och utropstecken har aldrig varit ditt signum. Om man vill höra vad du säger, måste man sakta in, samla ihop sina sinnen, och invänta de små nyansernas tydliga tecken.

Jag är otränad i den ädla konsten. Förlåt mitt pöbliska beteende. Under alltför lång tid har jag suttit runt bordet där den som skriker högst, och har den färgstarkaste berättelsen, vinner. Därav har jag ledsnat. Önskar något mer resonligt, mer finstämt, mer äkta, utan plymer och fanfarer. Därför vänder jag mig till dig, mina öron döva för de finare tonerna.

Men jag vet att de finns där. I efterhand, i eftertanke, erkänner jag deras närvaro, och förbannar min bristande uppmärksamhet.

Jag önskar bättra mig, för dig.

Det är inga upplyftande grubblerier som ormar runt i min hjärna när mörkret börjar glesna utanför persiennen. Kära sömnlöshet, varför vrider du sönder mig? Lika silkeslen och tröstande som sängen ter sig strax efter väckarklockans signal, lika horribel, skräckinjagande ter sig sängjäveln på kvällen. Är det inte fantastiskt underligt? Och jag anklagar dig. Kan du inte snälla bara komma hit och lägga ner din lena lekamen här bredvid? Bara sno lite för mycket av täcket? Bara tynga ner den aningens för mjuka madrassen precis så mycket, så att jag tvingas luta mot din skuldra? Bara blås luggen från mitt ansikte, stryk den bekymrade migränrynkan från min panna, så att vi kan sova sedan. Vore inte det sött?

Poetisk och patetisk. Risken att sanningen kliver in i drömmarna med diverse obehagliga detaljer. Givetvis kan mina rosa solglasögon vara avskärmade från detaljer av vardagliga, slitsamma ting. Givetvis är det verkliga livet fullt av trötthet, klumpighet, svikna löften och bortprioriterade planer. Kanske delar vi inte allt jag önskar? Kanske delar vi egentligen ingenting? Vad skall vi göra med varandra hela dagarna, veckorna? Du har ditt och jag har mitt men däremellan vill jag gärna tro att vi, bara det faktum att vi är vi, utgör en god grund för att luta oss mot varandra. Kanske är min fascination för dig inte nog. Jag ser upp till dig, eftersom jag vet att du gjort val som inte var så lätta, eller självklara, men livsnödvändiga. Och jag högaktar dig för att du fann styrkan inom dig att dra gränser och försvara det som var du. Vet alltför väl vad sådant kostar. Beundra dig mycket, därför. Men vad har jag att erbjuda? Varför skall du högakta mig? Jag ser mig i spegeln och ser tydliga spår av en åtrådd kropp. Jag är stark och smidig fortfarande, och vill njuta av det innan det är för sent. Vet att ytlighet är förgängligt. Var det därför vår bekantskap var temporär? Eftersom det enda jag erbjöd var köttsligt, och allt kött blir hö? Det låter ju brutalt sant, och skulle även hedra din människosyn.

Du brukade beskriva din drömpartner med adjektiv som ganska precis överensstämde med en beskrivning av mig, men något felade. Det var alltså inte storleken, tjockleken, hårfärgen, den politiska färgen, eller märket på mina skor. Allt sådant är ytligt och förgängligt. Det som saknas mig i din beskrivning av en livskamrat handlar om varför. Varför skall du välja mig? För du måste välja. Du måste vilja välja. Snarare än att bli vald. En relation där den ena parten väljer blir aldrig beständig. Givetvis vill jag inte hålla dig fången med min beundran. Givetvis kan det vara fantastiskt att bli åtrådd på grund av sina fysiska företräden, men det är ingen grund att bygga en varaktig relation på. Jag måste alltså ge dig anledning att beundra min person, mitt intellekt, och exakt hur jag skall sälja det till dig, måste jag alltså lura ut...

Vet med smärtsam erfarenhet att lyckan sällan är beständig, men om man har som löfte att försöka vara snälla mot varandra? Försöka hjälpa till, försöka härda ut, vara ett vi, en enhet, ett team, att hjälpas åt.

Vill tro att vi skulle vara bra för varandra.

Det var en gång för länge sedan, innan somrarna blev så varma, innan vintrarna blev så kalla, långt före de stora skogsbrändernas tid. För så länge sedan fanns en vana, minns du den? Att ringa varandra på en väggfast telefon, i tid och otid. Minns du det? Jag minns det i allra högsta grad, och jag saknar det så att det skär i bröstet. Särskilt dagar som denna, när inte riktigt allt gått som som planerat (det gick åt h—te). Särskilt nätter som denna, när jag ligger vaken med en typ av rastlöshet innanför bröstbenet, och om det varit före skogsbränderna, om detta nu, hade utspelats sig då, på den gamla goda tiden (som var full av tigrar i bakhåll och översvämningar av skam, inte alls någon god tid, men i alla fall) då hade jag bara ringt dig. Jag hade lyft min bakelitlur och dragit fingrarna i cirklar i plastskivan och det hade gått fram en signal, kanske två, innan en analog ton hade transporterat din röst från andra sidan av stan, hem till mig. Och jag vet inte om du minns, men jag minns en väldigt typisk dialog som kunde utspela sig. Det kunde låta ungefär såhär:
- Hejhurärläget?
- Nja, trött, ochdu?
- Kan du inte bara berätta något roligt?
- Eh... ja... eh... jag va i mataffären idag. Det var en tant där, och hon hade på sig en så himla blommig klänning, duvet, en såndär som de har i gamla filmer typ... så himla stört...
Och på något vis lyckades du alldeles exellent med ditt uppdrag att berätta något roligt, även om det inte framgår nu, så lugnade det mig då. Dina små alldagliga anekdoter. De hade ett syfte, ett enkelt syfte, att distrahera mig från mig

35

själv ett ögonblick, och det fungerade. Kanske är mina minnesbilder kraftigt retuscherade, men jag mins bara fina saker från den här tiden. Livet var fullt av svarta hål och vassa klor, men i relation till dig har jag bara mjuka minnen. Vi ringde varandra och kommunicerade via den där analoga telefonlinjen. Jag vill minnas att du ringde mig ungefär lika ofta som jag ringde dig. Det var aldrig någon spänning i den frågan. Och du ringde mig ibland (ganska många gånger) sent på kvällen (natten) och lyckades inte säga så många ord. Och kanske var jag för trött för att tänka klart, eller så hade jag helt enkelt inga sunda råd att ge, ingen distraktion att erbjuda, så jag frågade helt enkelt:

- vill du att jag kommer över?

Och du svarade ja med väldigt små bokstäver, och jag drog på mig någon slags kläder och gav mig ut i natten. Cyklade genom öde gator och tomma trottoarer, nedför nedsläckta motionsspår och över mörklagda torg. Du brukade möta mig i trapphuset. Du brukade återgå till det du höll på med. Spela dataspel, se på tv. Jag brukade nog lägga mig ganska omedelbart. Du stängde av tvn, eller spelade färdigt en bana och lade dig bredvid mig i den där smala sängen. Om du kröp upp bakom mig, eller om jag la mig sked bakom dig, så somnade vi. Några få timmar av gudagiven vila för två väldigt vilsna själar. Nästa morgon gick jag till jobbet och det var inget mer med det. Du gick till dina föreläsningar och det var inget mer med det. Vi hördes av som vanligt, i våra analoga telefoner. Du ringde mig, jag ringde dig. Vi drog våra vardagliga anekdoter, och livet gick vidare.

Men allt det här var för så länge sedan. Det var ett annat århundrade faktiskt. Undrar om det är åldern som gör mig nostalgisk. Eller om den plötsliga insikten om, att jag saknar en riktigt god vän? Den insikten är inte plötslig iockförsig. Min saknad började skava så snart jag märkte av att vi börjat glida isär. Det har gjort ont, varje gång jag behövt en god vän, har det gjort ont.

Den ständiga frågan: Vad är värst, att ha älskat och förlorat, eller att aldrig älskat alls?

Men om man var för ung och dum för att förstå vad man hade i sin hand, och lät det förfaras, och inte förstod förens en livstid senare, i ett annat århundrade, vad det var värt. En riktig vän. En som svarar alla tider på dygnet, en som välkomnar dig i trapphuset, en som somnar i din famn - inget konstigt med det - en som går upp och går till jobbet, för sånt är livet. En riktig vän, en som har kapacitet att vara snäll mot dig, en som kan vara snäll mot dig på ett sådant sätt att du kan ta emot det.

Givetvis har jag blivit en ganska hemsk person i avsaknad av din godhet. Jag har blivit självisk, hård, högljud - som jag hade önskat slippa vara. Egenskaper har odlats i mig, som jag helst sluppit undan. Förlåt mig mina bulldozer-fasoner. De är ett ogräs som frodas i din frånvaro. Jag vill vara en angenämare person. Snälla svara när jag ringer, och låt mig ta del av din ödmjukhet. Jag brukade vara bra på att lyssna, jag brukade höra saker mellan raderna. Men det krävs tålamod. Är det av själviskhet jag önskar dig tillbaka? Av nostalgi? Eller är det bara den eviga tron på att gräset är grönare på andra sidan?

För flera miljoner år sedan stal du mitt hjärta. Du sade ingenting om det, låssades som om ingenting hänt. Väldigt länge lurade du mig, även jag lossades att ingenting hänt. Men jag gick runt med en malande längtan, en onämnbar otillfredställdhet. Som ett skavsår som inte läker, som ett par jeans man råkat köpa för små och aldrig är bekväm i. Så går jag runt och släpar på saker och människor jag inte bett om. Och jag är en ovärdig vän, en oärlig partner, för jag ljuger för mig själv. Tills en dag när jag faller handlöst. Kanske är det ett av många fall i skogen, en av alla gånger skosnörena knutit upp sig och jag snubblat, kanske en av alla kurvor jag tar för snävt med cykeln, kanske är det inte ett fall alls. Kanske vaknar jag bara en dag, och ser med nostalgi på min ungdom. Den var inte lycklig - var inte larvig! Men på något vis var den verklig, och kanske är förlagan till sagan mer sann än alla sagor vi berättat för oss själva?

Jag letar efter dig överallt där jag kan; i skogen, i staden, i filmen, på fb, på messenger. Men jag finner dig ständigt bara i mina tankar.

Och jag har saknat dig idag igen. Vet att det kan låta falskt (jag har ju någon, jag drar ju runt med den där andra) men det är inte sant, jag är aldrig så ensam som när jag är med honom. Så jag har saknat dig, eller jag saknar mig själv, den jag var när vi var tillsammans, eller när vi inte var tillsammans, eller när vi var vänner. Saknar att vara din vän. Vill vara en vän till dig - vill förtjäna din vänskap. Vill ha dig som vän - du gör mig till en bättre människa.

Att skaffa barn, eller välja att inte göra det. Det tog lång tid innan jag erkände för mig själv vad det innebar. Jag visste i botten av mitt hjärta, på samma vis som jag antar att alla vet " honom kommer jag aldrig att skaffa barn med!"

Eller; "om han bad mig, skulle jag ge honom ett barn, utan minsta tvekan".

Ändå fortsatte jag att leva med mannen jag inte ville utsätta någon annan för, och valde att exkludera den man, för vem jag mer än gärna offrat mig själv. Till mitt försvar vill jag framhålla de båda männens egen ståndpunkt i frågan.

Jag älskar ditt sävliga saktmod, jag beundrar din rakrygg och ger gärna plats för dig att komma fram. När du talar lyssnar jag på varje nyans, vet att det krävs eftertanke. Du väger dina ord och jag vet till vilket pris, och jag älskar det.

Men jag vet oxå att ditt saktmod kan driva en till vansinne, att du ibland offrar din integritet för att vinna några poäng vanlighet, "att känna sig normal bland normala människor". Och du kan föra dig, sitta ner och chitt-chatta med en person jag vet att du avskyr, av den enkla anledningen att du ringaktar vederbörande med sådan vederhäftighet, att du skulle ställa dig själv skyldig om du inte spelade teater. Jag förstår det nu. Det gjorde jag inte förr, och då sårade det mig. Har jag lärt mig? Kan jag tåla att du förringar dig själv för att vinna självaktning i din egen spegel?

Att vilja välja själv, att välja den som får det att bubbla i sinnet, den som får en att ta sig i kragen och vilja vara en bättre människa. Jag förstår det. Till skillnad från att bli vald, att någon annan har en åsikt som man inte marknadsfört, någon annan ser någonting man kanske själv inte sett. Och vilja ducka för det.

Jag förstår det. Jag respekterar det. (Vet precis hur det känns.)

Och på temat varför du fortfarande är singel: kan det vara så att du har svårt att tro att någon på riktigt kan älska dig? För att du själv har lite trixiga känslor på området?

Som om jag hade alla svar (det har jag ibland)
Som om jag visste någonting (jag vet ingenting)
Men hungern är densamma. Jag dricker samma törst, slickar
min saknad från läpparna och försöker dra ned luft i lungorna
(kan inte andas utan dig).
Försöker resonera, vet om att jag gått över gränsen, det är
inte charmigt längre, jag väcker inte medkänsla och
förundran, jag är obehaglig. (Vissa människor pratar och
pratar och man mins inte hälften av vad de sagt, medans
andra kan säga en enda sak, och det risras in i ens blod).

Och jag klär mig i samma uniform, en klädnad som känns bekant, som känns som hemma, som känns som en rustning som kan skydda mig från falska förhoppningar och löst hållna löften. För då för tiden, även om det var nattsvarta dagar och evighetslånga väntetider mellan allt som skulle hända sedan. Då för tiden - var allting sant. Sanning du tvingade mig att se i vitögat varje dag, den sanning som vi bet ihjäl för att frigöra våra drömmar, var en sanning som inte klädde upp sig inför fredagar, som inte sminkade sig till middagen, eller glittrade förföriskt på nyårsaftonen. Den gick omkring i sina slitna jeans och t-shirts som tappat all anständighet. Men det var din t-shirt, och den var len mot min kind när jag omfamnade dig, och du klev in i den omfamningen som om du aldrig ville vara någon annan stans och jag sa det aldrig högt, men självklart är du välkommen, då, nu och alltid. Självklart har jag plats för dig. Det är din plats, du har själv skapat den, så den kan aldrig bli någon annans.

Det har uppstått ett glapp i universum. Men det som var sant då är lika sant idag. Det var jag som gjorde mig omöjlig men du svarade "du är alltid välkommen, det vet du" precis som du alltid sa förut.

Jag brukade ha nyckel till din lägenhet. Eftersom du hade nyckeln till mitt hjärta, fick jag nyckel till din lägenhet. Du hade andra flickvänner, men det spelade ingen roll, jag var alltid välkommen. Du vaktade mina katter och lät mig ärva dina avlagda möbler, och jag var alltid välkommen. Jag sov på din soffa och ställde min teburk på din kökshylla. Jag var alltid välkommen hem. Känslan av att komma hem till dig, där du satt obrydd vid din dator, eller spelade X-box och man fick maka lite på några reklamblad för att kunna slå sig ner i soffan. Man mejslade ut en plats åt sig och man var välkommen. Inga stora gester, inget ståhej, ingen plan. Bara göra sig en plats och slå sig ner. Bara andas och veta att du visste precis. Mins inte alls vad vi brukade göra, hur vi planerade, men ibland gick vi till mataffären, eller till pizzerian. Mins inte en enda konversation vi hade i den där lägenheten, men jag vet att jag var välkommen, alltid. Tidiga mornar, sena kvällar, matdags, filmdags, sovdags. Jag mins det noppiga tyget i din soffa, och hur det kliade mot huden, och den lite sura doften i det där köket.

Men jag lämnade tillbaka nyckeln vid något tillfälle, mins inte varför. Antagligen sa jag någonting i stil med att jag inte behövde den längre. Så fel jag hade. Hur kunde jag lura mig själv så?

Lärde mig någonting idag. Jag har valt att formulera det " jag kan inte föreställa mig en fråga till vilket svaret är nej" eller " jag är villig att ge upp ungefär allt", och så som det har fungerat förut är ju att jag låtit mig köras över. För här kommer skruven; bara för att jag är villig att göra allt, betyder inte det att jag saknar egen vilja. Att jag är villig att ge allt betyder inte att det är gratis. Jag är flexibel och anpassningsbar, jag är följsam och lyhörd. Men det betyder inte att det går att skita i vad jag vill. Jag vill oxå saker, jag är oxå en person, med känslor, drömmar, allt det där mjuka såriga svårbenämnda. Jag med för fan, jag med!

Vi var två slitna själar i lika urtvättade kläder. T-shirts med maskintvättshål och uttänjda halslinningar, byxor med fransiga benslut och knän som stack ut genom tyget, glappande skor som saknade snören, hål i sulorna och i samma färg som alla vägar vi vandrat. För vi vandrade, eftersom bussbiljetter var dyra vandrade vi, genom skogar och bostadsområden, längs trottoarer och torg, uppför och nedför och vi stannade upp ibland, utanför ett öppet lägenhetsfönster en sommar, och lyssnade på det förälskade paret som njöt av varandra där. Vi utbytte blickar av samförstånd och gick vidare.

Vi möttes på en gräsmatta en annan natt. Vi skulle inte vara tillsammans, det hade vi kommit överens om, men vi kramade om varandra som gamla vänner gör, och du klev in i min omfamning och stannade där, och jag kände hur du skakade i mitt grepp och jag tänkte "jag är ju här. Gör det inte svårare för dig än det behöver vara. Jag vill vara här för dig." Och det är fortfarande sant.

Jag landar i mig själv, klär mig i t-shirten som gått femhundra varv i tvättmaskinen, knäpper jeansen som hotar att avslöja sådant som är byxors uppgift att hålla dolt, stoppar fötterna i mina spruckna dr Marten's och kliver iväg med sådana steg som man får i kängor som saknar snören.

Och jag saknar dig. Fy fan vad jag saknar dig.

Hittar en låt, hittar ett sound, som att komma tillbaka hem, som att påminnas om vem man är, var man kommer ifrån. Så ljuvligt att bara luta sig in i rytmen, och låta hjärtat landa där. Minnas vem man var, vem man fortfarande är, vilka drömmar man haft, och fortfarande har. Veta vad som är viktigt, vad som är odödligt. Att vara i takt med sitt hjärta, att var i ton med sin röst. Att säga saker med sin mun, som rimmar med ambitionen i ens bröst. Att kliva på i sina boots, och gå med sina egna steg, låta kroppen formas efter valen man gör. Karin Boye sa "det är inte målet, utan vägen, som är mödan värd". Jag är beredd att säga emot. Vägen formar en, om man låter sig.

Jag faller in i gamla hjulspår, hittar vägen hem utan att behöva se mig för. Du har format mig och jag anpassar mig så lätt och bekvämt, gropar och knölar, andetag in och ut, hjärtrytmen synkroniseras, pulsen går ner, landar, i den här låten.

FB hade vänligheten att upplysa mig om att jag gillade dig 19 gånger under den gångna månaden. Det är ju inte riktigt hela sanningen. Inte bara 19 gånger, och definitivt inte bara under den gångna månaden...

Det är fint att återupptäcka hjältar från ens ungdom, som knockade en ur sockorna då, fick en att tappa greppet en liten stund, innan man insåg att de var genier och körde dem på repeat i bandspelaren tills tejpen trasslade sönder.

Så växte man upp och tappade bort sina prioriteringar, lyssnade på skit och klickade på beten i sociala medier och kände sig tom. Så dyker de upp igen, hjältarna. De har ömsat skin och återuppfunnit sig själva, och de räddar en. De är fortfarande indie, fortfarande grunge, de fortsätter att utmana dina sinnen, och ger dig en upplevelse på tre minuter som kan ta flera år att tillgodogöra sig. Tack

Jag saknar dig varje kväll. Varje dag jag kommer hem, och inte hem till dig, känns som ett misstag. Varje natt, när jag släcker lyset, och du inte ligger bredvid, känns värdelöst.

- Verkligen? Verkligen varje natt?

Jag vet vad du menar. Det händer att jag delar kvällen med någon annan. Att det finns en person bredvid mig, och det händer att de distraherar mig, för en kväll, en vecka, kanske längre än så. Det har funnits flera. Det har funnits någon som velat vara där med mig. Men de har aldrig ersatt dig. Jag har alltid fortsatt sakna dig. Och det är dig jag saknar, ingen av de andra. Alla andra har fallit in i skuggor med lösa konturer. Ingen av dem bibehåller namn eller mening. Ingen av dem minns jag i någon utsträckning alls.

- det vet du...
Sättet du säger det
(brukade säga det).
För mig betyder det,
när du säger det,
ditt sätt att säga...
inte "jag älskar dig".
.. det är för sterilt och kliché.
Det betyder just det du säger;
"det vet du" som i
"du vet att det är sant,
du har vetat det hela tiden,
du vet att du inte behöver fråga,
du har skurit ut den här platsen för dig,
och den är din.
Det vet du.
Det finns ingen annan plats för dig att vara,
än precis här,
precis nu.
Du är precis du,
och ingen annan.
Det vet du."

Vet inte om du vet, men det är en särskild dag i morgon. Vet inte om du bryr dig (man borde inte bry sig), men det är en av alla dessa dagar, när ensamheten blir lite större, när saknaden gräver lite djupare. Vet inte hur du tänker, men jag tänker på dig, på allt jag vill vara för dig. Vill våga säga det till dig en dag, kanske inte imorgon, eftersom det är en sådan uppenbart sårbar dag, men en dag, vill jag våga vara nära dig, och stanna där.

Jag har tagit en omväg. Jag skjuter upp det som är viktigt. Det som verkligen betyder något är skrämmande - man kan ju förlora det man inte kan leva utan. Bättre i så fall, att ingen vet om vad man drömmer om, så att man inte behöver stå till svars för sina ofullgångna, spritt språngande galna drömmar... Och samma, samma samma samma med den arma kärleken. Vi har varit här förut, vi har gjort det igen och vi har försökt. Vi ramlade i varandras armar, och det var inte meningen. Vi var inte kära och vi skulle inte vara tillsammans. Men hur vi än gjorde för att vara "inte tillsammans" så var jag tvungen att flytta från stan för att skapa tillräckligt med avstånd mellan oss. Så jag gjorde det. Det var ingen uppoffring från min sida. Jag hade behov av vyer och alternativ och erfarenheter, så jag drog. Många mil många många många mil. Och vi var vänner på telefonen varje dag och jag var tacksam eftersom du var en fantastisk vän och ingenting tycktes komma emellan det. Du skaffade flickvän och jag var glad för din skull. Du skaffade dig en utbildning och ett jobb och började tjäna pengar och det såg ju faktisk ganska bra ut. Jag hade tillfälliga partners och tillfälliga jobb och ville väl inte riktigt stadga mig, bodde i kappsäck och flyttade runt och höll mina valmöjligheter öppna. Vi var vänner och jag beundrade dig. Dels eftersom du, mot alla odlas, verkade landa på fötterna och behöll din sinnesnärvaro, dels för att du hade den underbara kompetensen som krävs för att vara min vän. Jag tycker inte att jag kräver så mycket, men lite omtanke, lyhördhet och distraktion, dagligen. Det är inte alla som förstår sådant, men du förstod.

På något vis förflöt tiden, dagar blev månader och år. Vad var det jag gjorde med min tid? Vad var syftet med detta liv i kappsäck? Vad för erfarenheter var det jag törstade så hett efter, vad fans vid slutet av regnbågen?

Jag behövde mitt körkort för att det skulle bli helt tydligt. Min första resa hem i bil var den som satte märket. Det var länge sedan jag blev så rörd. "På väg hem" verkligen, efter många år i kappsäck. Och jag ville komma hem till dig givetvis. Min bästa vän, den enda som kan vagga mig till sömns när det rister i märgen, den enda som kan styra om mina tankar när jag själv fastnat med foten i diket. Du är mitt svar på vart jag är på väg. Jag behövde kunna köra själv för att inse det. Hela tiden hade jag varit på väg hem till dig. Nu har jag bilen och körkortet och vägarna ligger öppna. Jag kör många mil hit och dit, till vänner och bekanta härs och tvärs över landet. Men jag längtar starkast efter den dagen när jag är bjuden hem till dig. När jag då parkerat bilen, när jag ställt ifrån mig kappsäcken, när jag väl slagit mig ner i din soffa, då reser jag aldrig mer någonstans, någonsin ingen.

Det har varit så läskigt halt. Snön tinar och smältvattnet fryser i tunna hinnor över cykelbanan. Jag cyklar egentligen inte när det är sådär halt. Det lärde jag mig en gång, för länge sedan. Det var en mörk natt, kanske mörkare än vanligt, för du ringde mig vid en sådär särskilt ogudaktigt tid. Jag hörde dig andas där, i andra änden av telefonledningen, men du sa inte många ord. Och jag vet inte, jag var nog för trött för att göra något rationellt, så jag erbjöd mig, som jag alltid gör, "vill du att jag kommer över", och du svarade "ja" med de små bokstäverna som bara är tillgängliga när ensamheten är så kompakt och natten är så ogenomtränglig att man inte ser sin hand framför sig. Så jag tog cykeln. Trots att det var november och minusgrader och det hade regnat tidigare under kvällen, tog jag cykeln. Och jag visste det, i S- kurvan under viadukten är det alltid halt. Den kurvan var tillräckligt svår i torrt väglag, så jag tog det så försiktigt. Första svängen gick bra. Kanske andades jag ut en aning för tidigt, för på en nanosekund var kraschen ett faktum. Som stålmannen låg jag utsträckt och visste, bara viste, att jag slagit av en tand. Reste upp huvudet och kände efter med tungan. Jovisst var tanden av. Jag reste mig och plockade upp cykeln. Den var oskadd, så jag körde vidare. Kom fram, kom in, kom hem. La mig, du la dig bredvid, och somnade snart. Till priset av min avslagna tand. Jag skulle göra det igen. Igen och igen och igen för dig. Allting för dig. Om det betyder att jag får somna till rytmen av dina andetag.

Vet att det är orättvist, men nu är jag här igen.

Står här med mina tomma händer och saknar fortfarande lösningen på det här problemet.

Och jag vänder mig till dig.

Jag har fyllt i de blanka passagerna och kommit fram till att det var jag hela tiden. Kanske försökte du förklara för mig, flera gånger, men jag fattade så trögt. Så oändligt trögt. Det tog så många år för poletten att trilla ner. Var det jag? Hela tiden?

Till mitt försvar måste jag nästan säga att dina insinuationer var väl försiktigt inlindade. Jag förstår att du var rädd, det har du rätt att vara. Och jag förstår din frustration över att jag inte fattade vad du menade. Det har man rätt att känna sig bedrövad över.

Du säger att man inte får tänka för mycket på vänskap man förlorat, man blir för ledsen av det, och det kan vara sant.

Men jag tänker oxå; om jag fortfarande saknar dig, om jag fortfarande önskar dig, måste det vara en mening, det måste gå att lösa.

Några dagar har jag varit ganska glad. Ett stort problem jag haft verkar komma närmare en lösning. Men åter igen: bara ett sätt att undvika att åtgärda det som verkligen behöver åtgärdas. Mina händer är lika tomma som alltid, och jag vänder mig till dig, som alltid.

Vissa kvällar somnar jag med hårspännet kvar i luggen. Vissa dagar går jag runt hela dagen med gårdagens mascara på kinderna. Inte för att jag hade för avsikt att göra så, men på samma sätt som jag verkligen hade för avsikt att läsa den där fantastiska boken (men inte för mitt liv kunde koncentrera mig på en enda mening) på samma sätt som jag verkligen hade för avsikt att somna tidigt och vara fit for fight på jobbet nästa dag. På samma sätt som jag kan ha helt allvarliga intentioner att fullfölja avtal, att nå deadline. Men det blir inte alltid som man har för avsikt. Man är full av goda intentioner, men det blir inte alltid som man tänkt, och vissa saker är lättare att styra upp, vissa saker kan man bara ta sig i kragen och göra ändå (tvättstugan, disken, te och skorpa) medans vissa saker har trösklar höga som gärdesgårdar (kärleken, drömmarna) och då går man runt i efterdyningarna av gårdagens sömnlöshet, man somnar i sina kläder och har svårt att prioritera. När kärleken har kastat sig utför ett stup och man vet att den har gått sönder i miljoner bitar, men man vill, man måste, samla ihop skärvorna och foga samman alla telefonsamtal och facebooknoteringar och sms och messenger-emojies och få dem att fästa vid varandra och bygga broar över de bitarna som saknas och som kanske har gått förlorade för alltid. Det är det man måste göra och det är viktigt, kanske det allra viktigaste om man skall orka fortsätta andas. Då tappar värdsliga saker som smutsiga tekoppar eller obytta strumpor alla betydelse. Man måste andas först, måste fixa andningskapaciteten. Det innebär att man måste laga kärleken, först. Och då byter man inte strumpor. Även om det kunde vara aldrig så skönt med en dusch, måste man laga kärleken först, men skärvorna är spridda över tjugo år och tjugo mil, så man blir sittande, med gårdagens mascara på kinderna, och somnar till slut med hårspännet kvar i luggen.

Garderobsrensning.

Några utslitna jeans går i textilåtervinningen, några felköpta toppar till second hand, några gamla favoriter som inte använts hänger tveksamt kvar på sina galgar, några prominent unika artiklar ligger i en utvald låda. Saker jag inte använt för att jag vuxit ur dem, men önskar hett att jag kunde använda igen, eftersom de givit mig erfarenheter som övergår mitt förstånd. Men eftersom så många år har gått, och jag inte kunnat använda dem, går de till välgörenhet, och jag får göra ett försök att klä upplevelsen i ord.

Som jag mins det var det sommar. Jag var klädd i den semitransparenta skjortblusen och de svarta lackbyxorna. Till det givetvis Dr Marten's.

 Jag hade nog varit på en annan förfest innan, men tröttnat, eftersom jag ville vara med dig. Vi skulle gå på klubben, det hade vi bestämt innan. Så jag gick för att möta dig på kontoret. Det hette att du skulle spela spel med ett par andra killar, men när jag kommer dit är du i princip själv där. Du hade för avsikt att avsluta ett projekt, så jag sitter ner å väntar (det är inget besvär, jag får ju vara med dig). Du sitter vid din dator och bliger på mig under lugg, skriver lite, fnissar. Någon kommer in i rummet, en kort ordväxling utspelar sig, du ber mig demonstrera mina byxor. Jag sträcker upp ena benet mot taket. Du ler i mjugg, stänger ner dina program, loggar ut och säger "kom då, så går vi".

Så vi går.

Vägen är genom ett trapphus, över en innergård, genom ett andra trapphus och där, precis innan vi skall kliva genom porten ut på stan tar du min handled och leder mig bakom ett hörn, så att vi inte är synliga från porten, och säger "men kom hit då" och jag är smör i dina händer, du låser mina handleder över mitt huvud och pressar hela din kropp mot min, betongväggen vilar tryggt bakom min rygg, men var jag slutar och du börjar blir i det ögonblicket inte längre tydligt. Det varade några sekunder, kanske en minut, innan du tog ett halvt steg tillbaka "ok, klubben var det".

Så vi går dit. Vi försöker dansa men musiken suger. Det är inget folk och inget drag och vi har svårt att koncentrera oss, så det blir en tidig kväll. Vi går hem genom natten, minns inte alls vad som hände sedan. Ungefär som vanligt kanske, inget exceptionellt. Men tack vare den där kyssen i det där trapphuset har jag sparat de där byxorna, trots att de är alldeles för små för länge sedan. Trodde att det var byxorna jag ville ha, men vid närmare eftertanke är det inte byxorna, det är minnet av din kropp mot min i det där trapphuset. Så jag överlåter byxorna till någon som kan använda dem, och ber dig, snälla, koppla ett grepp o mina handleder och kyss mig mot en betongvägg i ett trapphus någonstans, ta mig runt ett hörn och utom synhåll och kyss mig som om du inte kunde hjälpa det.

Saker jag gör med kroppen/
Saker kroppen gör med mig.
Jag försöker lyssna,
försöker höra vad som är rätt,
vad som går emot min natur.
Vad som får kallsvetten att explodera,
vad jag behöver stånga mig igenom.
Vad som känns bättre efteråt,
vad som inte alls känns så bra,
efteråt...

Så jag är på väg åt fel håll,
igen.
Hur kan detta ta mig närmare målet?
Den enda möjligheten att betala räkningarna,
javisst.
Men allt det andra?
Det här med hjärtat och huden?
För att inte tala om hjärnan,
den behöver stimulans,
inte begränsande restriktioner.
Snarare ytor och möjligheter att dansa fritt.
Hur skall jag göra det möjligt att leva mina drömmar,
när jag inte kan vokalisera dem,
ens för mig själv?
Ser inte vägen som leder dit jag vill vara...

Brukade inte ha behov av komplimanger. Men på senare tid har en känsla av slöseri uppenbarat sig. Varför noterar ingen min fantastiska bakdel? Varför måste jag tala om för mina bekanta att jag köpt (erövrat) ett par jeans som verkligen är till min fördel? Hur kommer det sig att jag är den enda som uppskattar mitt vilda hår och dess obändiga personlighet? Och jag återkommer till dig, och tiden vi spenderade tillsammans. Vet att du uppskattade alla dessa detaljer. Du sa det aldrig rakt ut, men du hade ett särskilt sätt att vira mitt hår runt din hand, att låta mig gå ett halvt steg före och njuta av reaktionerna av andra människor när jag gick in i ett rum. På ett underligt vis avsa du dig allt ansvar (vi är inte tillsammans) men ändå, där jag stod i min virkade klänning i det där köket, där flera häftiga typer i läderrockar och döskalleringar satt runt bordet och tappade hakan när jag klev in, och du helt mjukt backade ut efter att ha presenterat mig. För du visste någonstans, att ingen av dessa (häftiga) män någonsin skulle snärja mig. Du kunde lämna mig där utan tillsyn, eftersom du visste vilken elektrifierande effekt dina händer hade mot min hud. Det var ingenting vi satte ord på. (Finns inga ord att sätta på sådant). Vi bara gick med lika långa steg i våra Dr Marten's, höll samma rytm och siktade på samma mål. Vi var inte tillsammans, det var viktigt att markera, vi var två individuella individer, men vi promenerade bredvid varandra, i samma takt, och när vi var ensamma virade du mitt hår om dina fingrar, behövde inte säga att jag var vacker, eller att du gillade... något särskilt. Vi bara var. Och just i det, att vi aldrig satte ord på det vi hade, har gjort det oersättligt. Vi gick vidare med ambitionen att hitta verkligheten någon annan stans. Men det vi hade gick aldrig att reprisera. Det som sömlöst smälte samman mellan dig och mig, gick liksom aldrig att konstruera med en uttalad längtan inför någon annan.

Trött idag. Längtar hem.

Händer det dig med? Att du är särskilt trött ibland? Och vill ha någonting tryggt, någonting snällt, omkring dig? Någon som du vet aldrig skulle sticka kniven i dig, någon som du vet vaktar dörren om du skulle glömma att låsa?

För livet är fullt av tillfällen när någon ser att man är sårbar, och utnyttjar det. Livet är fullt av, knivstick, objudna gäster som tar för sig i ett obevakat ögonblick.

Har du oxå upplevt det?

Att du efterfrågar en särskild egenskap, eller kompetens, och någon säger "jag kan göra det". Och man har ingen anledning att misstro dem. Men gång efter annan sviker de en, olika människor, eller samma person, om och om igen, tills man förlorar förståndet.

Spelar ingen roll hur mycket man rannsakar sig själv, hur noga utmejslad kravprofilen är, hur överseende man är med folks fel och brister (dem måste man förlåta) men när deras uppfattning om det inträffade vida skiljer sig från ens egen version, tröttnar man till slut.

Så trött är jag idag.

Och jag längtar hem.

Hem till en hamn som för länge sedan antagit fantastiska proportioner, eftersom jag inte varit där på väldigt länge.

Men jag vill fortfarande tro att den finns. Vill tro att du har nyckeln dit.

Mina tankar är överallt och jag orkar inte samla ihop dem. Någonting dåligt ligger å maler, men det är något annat oxå. Samma gamla vanliga. Samma "jag tror inte jag kan hindra mig själv från att stå utanför din dörr rätt vad det är". I min hjärna är det ju jag som hjälper dig, jag som erbjuder mig. Jag som lagar mat, jag som skapar struktur och rutiner. I dag tänkte jag att jag kanske bara ligger i ditt knä och gråter. Och du låter mig, för du vet att man behöver det ibland. Du skulle låta mig, och stryka mig medhårs och köpa pizza.

Och jag skulle skärpa till mig efter ett tag, efter någon dag skulle vi gå en promenad och städa och få ordning på våra liv, men sanningen skulle vara att det skulle vara vi. Att vi ibland behöver ligga i varandras knä och bli struken medhårs och vi skulle tillåta varandra att behöva det.

Det är de små sakerna, eller hur? Känslan när man vaknar på morgonen. Det kan vara en dröm, men det påverkar hur man ser på sig själv, hur man känner sig, hela dagen.

Så jag drömde att jag var hos dig. Jag stannade hos dig. Inte helt säker på att du ville ha mig där, men du bad mig inte gå heller. Och du var nära, så det kändes bra. Kändes som att vi äntligen var nära, men du ändå höll en typ av mental distans, inte erkände situationen, kunde när som helst be mig gå, och jag skulle vara redo att gå om du bad mig, men du bad inte. Så jag stannade. Och vaknade med den där goa känslan av att vara nära dig. Den har hållit mig på rätt sida om sträcket hela dagen.

Jag tror att du är rädd för mig. Är det så?

Eftersom du vet att du inte kan hålla händerna i styr, eftersom du vet att jag skulle låta dig göra nästan vad som helst med mig. Är du rädd för dig själv, den du skulle bli om jag lät dig?

Du målade mig som en fantasi, som ett moln, som en ouppnåelig dröm. Men du är halvvägs där redan. Allt du drömde om, det har du redan, och jag skulle aldrig ta det ifrån dig. Du vet att jag är tillåtande. Jag tillåter och uppmuntrar. Skulle aldrig ta ifrån dig det du uppnått, vill inte råna dig på någon av dina tillgångar. Är det därför jag är skrämmande? För att kärlek som du känner den har ställt krav, varit obekväm, begränsande? Är det därför du inte definierar mig som kärlek? Eftersom jag bara materialiserar mig i din famn om du råkar sträcka ut en arm? Och dina precisa önskemål vad gäller dimensioner och texturer, så som du reagerar på mig kan jag inte annat än tro att det är ganska på pricken, kanske till och med angivna med mig som referens?

Kom igen då, tillåt dig själv att inse att du är älskad för den du är, och att du har full tillåtelse att älska den du drömmer om. Det är ett kliv att ta, men enkelt, och du kommer bara ångra dig om du inte gör det.

Den stora ädla konsten att vara lite snäll mot varandra. Kan vi inte lova det? Att se efter varandra, ge lite trygghet, lite tillit, lite omtanke? Ska det vara så himla svårt? Att se varandra för vad vi är, att tillåta varandra de erfarenheter vi upplever, utan att förringa värdet därav? För det är så himla lätt att ta ifrån någon deras upplevelse, att bara säga "men där har du fel", eller "nu får du skärpa dig" eller "men varför låter du dig köras med på det viset". Så enkelt att ställa var person själv skyldig till känslan av felfördelning, och kväva den. Men ingenting blir bättre av att man kväver sina känslor. Man lär sig ingenting av att förringa sin upplevelse. Självkänslan vissnar, självförtroendet dör. Istället för att visa sig delaktig och säga "nämen fy fan" eller "ja usch det har hänt mig med, visst blir man frustrerad" eller att bara ge en kram, sträck ut en hand, säga "men ring mig om det är något, lova det!" Bara visa att du fucking bryr dig. Det är allt som behövs. Det är så enkelt.

Bränd ?

Det kan vara så.

Jag brukade tåla att jobba fjorton timmar per dag, inga problem. Kunde springa en bra mil, och sedan styrketräna efteråt, no problem! Men nu kan ett enkelt telefonsamtal få mig att gå i bitar, en enkel mening, där jag kräver min rätt, eller att hänsyn tas till ett behov jag har, få mig att skaka och känna kräkningar och det snurrar i huvudet så att jag måste sätta mig ner. Tröskeln för vad jag tål har sjunkit markant.

Och jag behöver sova som ett litet barn, tolv, fjorton timmar per natt. Ändå vaknar jag utmattad. Jag har lediga dagar och sitter framför youtube och får träsmak i röven och vill bara sova. Eller om jag jobbat några timmar, känns som huvudet varit i en tvättmaskin när jag kommer hem, lägger mig platt på golvet och orkar inte ens äta.

Det är inte normalt för att vara mig. Jag brukade som sagt jobba fjorton timmar, springa en bra mil, styrketräna och sedan laga middag. Nu gör jag max en grej per dag, jobbar, eller springer, eller styrketränar, eller lagar middag...

Det är inte normalt för att vara mig.

Önskar mig en anledning, en form att fungera i, så ska nog basta se till att jag soppar ihop mig, så att jag får något vettigt ur händerna igen.

Och den arma kärleken. Att vara kär, att vara förälskad. Skillnaden? Att ha en ytlig fling som går över och dör bort, eller att ha ett djupare engagemang som bara växer med tiden...

Och jag återkommer till vår kära Jonas Gardell, som så vist sa; det är så mycket som kan vara fel, fel hudfärg, fel hårfärg, fel kön...

Men om sättet som kärleken visas är fel? Om någon säger med sina ord, att de älskar dig, men alla deras handlingar säger något annat? Eller, om deras ord är "jag är inte kär i dig, bara så att du vet", men fortsätter att sova sked, hålla dig i handen, stryka håret ur din panna?

Och sättet att visa kärlek kan vara olika. Men kärleken behöver konfirmeras, och det är enklare om de båda halvorna av helheten talar samma språk i den frågan.

Och vad som är viktigast av allt? Man kan tro att det är gemensamma intressen, humor, värderingar, och visst, det underlättar, men jag skulle säga att det är vänskapen som är grundbulten i varje sund relation. Är man inte vänner så är man inget annat heller. Är man vänner så kan mina tillåta varandra några querks och avvikelser från ordinarie schema. Om man misslyckas på vänskapsfronten däremot, och tror att man kan bygga relationen på tjänster och gentjänster, eller regler enligt valfri moralisk kompas, blir livet ganska snart väldigt torftigt...

Samma sjö, samma strand
Samma himmel, samma land
Men dagen är en annan
Ljuset, perceptionen likaså
Ord ord ord
Inte tal om annat
Ord ord ord
Läser, skriver, blandat
Står, sitter, går
Kroppen gör sina rörelser
Sitter, vickar, sitter, står
Står, står, står
I väntan på det outgrundliga
   - Hur är det med kärleken?
En helt oskyldig fråga.
Men svaret är inte lika lätt att försvara
Obotlig romantiker som
Står, står står,
Men inte tror på kärleken
Skriande behov av partnerskap
Vänskap
En bättre hälft
Ett komplement
En livskamrat
Som går, går, går
Samma mentala vägar,
Möter
Samma filosofiska hinder
Men står, står, står, ut
Med
Ord, ord, ord
Denna lingvistiska gymnastik
Böjer och bänder

Mig halvt av på mitten
Så jag behöver
Försvara mig
Står står står
Stilla i vinden
Under samma himmel
Som igår
Önskar så starkt
Så ogenomliderligt
Han sa:
- Jag har aldrig sett "sedan",
- Det är nu eller aldrig
Men jag vill tro på "sedan",
Vill tro
Att det blir bättre
Sedan…
Min strategi har sina brister – erkännes
Jag har gått runt
Med mina drömmar på ett fat
I tjugo år
Och vart har det lett mig?
Ingenstans.
Jag är kvar
Står, går, sitter, vickar
Går går går
Längs med samma sjö
Och samma strand
Under samma himmel
Som i går.

Del 2:
Studier i förflyttning

Står med mitt krossade hjärta runt fotknölarna och försöker packa. Aldrig har en resa känns mindre lockande. Tidigare idag uppstod behovet att återkoppla med mig själv, men jag slarvade bort mig på sociala medier och nu mår jag precis så (som folk som hävdar att sociala medier gör en deprimerad menar att man mår av sociala medier). Men det är inte sociala mediers fel.

Ibland hävdar jag att jag söker någon där, någon särskild, en unik person med en magisk förmåga att jorda mig och få ut mig ur mitt eget huvud. Men det är inte sant. Eller, det jag letar efter är kanske denna speciella någon, men ännu mer mig själv. Jag tappar bort mig själv, min mening, min riktning, och tror att jag kan hitta den igen, enkelt, genom att tjuvkika på någon av dessa inspiratörer, dessa hjältar jag valt ut åt mig själv. Men de är oxå människor, med fel och brister (vilket är varför jag valt dem) men de är inte jag. De kan inte tala om för mig vad jag skall göra, de kan inte tala om för mig vad som är viktigt för mig.

Bara jag vet, och jag vet i botten av mitt hjärta, och det där stackars hjärtat sliter vidare, travar på. Allt jag gjort som var fel, och fortsätter att göra fel, stackars hjärtat, ligger nu i spillror vid mina fötter. Och jag planerar att gå vidare, åt fel håll, och lämna de blödande resterna kvar.

Planerar att komma tillbaka, att plocka upp dem sedan, att göra rätt, sedan. Om det inte är för sent (det är redan för sent). Och det är en plan, inte ett löfte. Hur kan jag göra så mot mig själv?

Jag hatar att resa.

Att packa väskorna i panik av allt jag kan sakna. Att stressa till omöjliga tider, att utsättas för oätlig vakuumförpackad pseudomat, brist på toaletter och vatten (förutan vilka kroppen vränger och krumbuktar sig smärtsamt). Sedan följer första dagen på den nya platsen, man förslösar oproportionerligt mycket tid på att hitta vatten, bröd och andra livsnödvändiga förnödenheter. Dag två är jag redan uttråkad, samma gata upp och ner, samma barer, samma pomfritt. Planlösa promenader är oundvikliga, och det enda man kan företa sig. Det är outhärdligt och underbart på samma gång.

Att byta plats, att paketera alla sina attiraljer och släpa iväg med dem. Att inte glömma något viktigt, att inte tappa bort något. Att invänta tåg, buss, taxi, invänta försenade avgångar, sakna information om spår, gate, lastbrygga. Att gissa att man har samma avsikt som flertalet vilsna själar som oxå svettas i solen, saknar vatten, toaletter... Att fascineras av föräldrar som utsätter sina små barn för dessa prövningar.

Och så att äntligen komma fram, att hitta den exakta adressen, personen, nyckeln, och få komma in. Att äntligen få släppa ifrån sig väskorna, ta av sig skorna, gå på toaletten. Att ta ett glas vatten å tvätta händerna. Att äntligen få sitta ner i lite lugn å ro. Förunderligt hur skönt att sitta ner, när man i flera timmar suttit i vänthallar, på tåg, på buss, på flyg. Att äntligen sitta ner och sitta still.

Att packa upp, att plocka fram sina skor, placera ut toalettsakerna i badrummet. Att hänga upp kvällens klänning och ta en efterlängtad dusch. Att slänga sig på sängen och veta att här stannar jag ett par dagar.

Att sedan gå ut ett varv i kvarteret, köpa lite mjölk, ost, bröd. Att försöka hitta tillbaka och snurra till det helt. Att gå en gata upp och ner och svära "men det borde ju vara här" för att slutligen, tredje gången man går förbi säga "men är inte det här vår port" och nyckeln passar... Hemma, men ändå långt ifrån hemma. Ett lånat hem för ett par dagar. Snart packar vi väskorna igen, tandborste, pass, pengar, telefon, allt förgängligt. Klänningar och sandaler, lektyr och minnessaker (så att vi inte glömmer bort vilka vi är) allt viktigt knölas ner i de sprängfyllda väskorna. Vi släpar och bär vidare våra liv.

Ett strängt behov av att röra mig i jämna steg med mig själv. Omöjligen kan jag ta två steg i ett, omöjligen kan kroppen röra sig fortare än sinnet. Tid för reflektion är oundviklig. Nyttan av att vara här och nu innebär i viss mån även drömmarna, och då särskilt för drömmaren. Sinnet kan inte förflyta sig utan förankring, lika lite som kroppen kan förflytta sig med hjälp av bara ett ben. Så detta befängda begrepp, "här och nu" innebär inte nödvändigtvis att vistas på en plats och hela tiden hungrigt tråckla sig runt nästa hörn, uppför nästa brant, vidare, framåt. Utan i ännu större utsträckning att slå sig ner, begrunda utsikten, reflektera, låta hjärnan komma i kapp, kanske även låta en droppe nostalgi färga upplevelsen, förankra den i något redan känt, anknyta till något tidigare upplevt. Att ha en fot kvar hemma, med vänner, i lektyren, i bilder, i kommunikation, kan vara så otroligt vilsamt för den resande. Att inte helt tappa greppet om det man lämnat bakom sig (hur mycket hatar man sitt liv egentligen?) utan ha. För mig är varje nytt intryck en ganska stor utmaning. Jag kräver verkligen en liten tid för anpassning i varje ny miljö. Jag tappar mitt språk, min önskan och min referensram vid förflyttning. Det tar ett par dagar innan jag har någon uppfattning om vad jag vill och hur jag skall tillfredsställa mina basala behov när nya förutsättningar ges. Och lagom som jag anpassat mig skall vi resa igen....

I min ungdom föraktade jag liknöjdheten. Det var ett stelnat sätt att uthärda en otillfredställande vardag, enligt mitt sätt att se. Jag var livrädd för liknöjdheten.

Men jag blir äldre. Jag reser. Jag ser olika saker. Jag reser i ett sällskap som alltid vill mer, som aldrig är nöjd, som aldrig ser vad vi har, vad vi gör, utan alltid önskar det som finns bakom näst krök, uppför näst trapp, om vi haft en dag till, näst tripp, nästa kajakfärd, nästa båttripp, utflykt, näst, nästa, nästa... och inte se det vi har här och nu, att just nu är paradiset, att just nu, är just vi, just här, och det är fantastiskt! Maten vi äter är inte sämre än maten på restaurangen bredvid, vinet vi dricker är minst lika bra som det på baren på nästa gata, drinken, sangrian, ölen, backamonspelet, pick-pocken, friebeen, - allt! Är minst så bra som det någonsin kan bli. Vet inte om det är min liknöjdhet som satt in, eller om jag bara tröttnat på att springa omkring som ett flått skinn, men jag är nöjd här och nu, med det jag har, det är sant. På ett vis kan vi säga att jag är bortskämd, för ingenting jag blivit serverad har varit värt att klaga på, allting har varit till full belåtenhet, så ja, jag är belåten, eller liknöjd, om du vill. Men jag tänker inte springa skinnet av mig för att nå nästa backkrön, nästa barkrök, för det är minst lika bra här, precis här där jag är. Så jag sitter här, höjer mitt sangriaglas i en skål, biter av min lagrade ost, doppar den i pumpamarmeled och säger "obrigada", tack, jag är nöjd.

Del 3:
 Minnen av händelser

Vet att du vet, men oxå att du omöjligt kan förstå. Den allmänna tesen är att tankeläsande är en icke existerande konstform, men om två intuitivt begåvade människor möts, känner in varandra, känner in varandras rytm, har som ambition att visa varandra hänsyn, vänlighet. Då är hemligheter omöjliga, på gott och ont.

Så våra vägar korsades, en gång för så länge sedan.

Du var unik för mig. Jag skulle senare lära mig förstå, precis hur unik.

Kanske var det ungdomen, vänligheten, villigheten att vara till lags, men vi kunde inte hålla händerna från varandra.

Återkommer till så mycket, tankar går i cirklar.

Du skrek efter kärlek, men visste inte hur den såg ut. Du beskrev den för mig, och vi stod båda handfallna. Dels för att din beskrivning omöjliggjorde applicering, dels för att kärleken aldrig ser ut som vi tror. Kanske oxå, att du någonstans inom dig har svårt att ta emot den? Du kastade dig i armarna på omöjliga projekt, medans jag stod kvar med öppen famn, lät dig gå, måste låta dig gå. Och du kom tillbaka, så många gånger, för att det var så enkelt. Vi var enkla för varandra, för enkla för dig?

Och det blir vår igen och jag förslösar min ungdom, förslösar mina dagar. Varje dag en ny möjlighet, en försutten chans när solen går ner. Vad avhållsamhet vinner? Någon slags respekt, någon slags beundran, integritet?

Men som människa kan man inte förverkliga sig själv genom respekt, beundran, integritet.

Man behöver sammanhang, man behöver vara behövd, man har stora behov av bekräftelse.

Man kan differentiera sig hur mycket man vill, vara hur intellektuell man vill, ta massor av universitetspoäng, skaffa sig status och titlar och privilegier. Klä sig i kemtvättad kostym med pressveck hur mycket som helst. Men när man knäppt upp knapparna på kvällen, är människokroppen där i allt sitt kött, och man är ett människodjur precis lika mycket som hunden är ett hunddjur. Och precis som hunden är ett väldigt okomplicerat djur, som behöver sina promenader, sina dofter, sina lustar, sin mat och en lugn plats för återhämtning. Precis lika mycket är människan ett människodjur, med människodjurets basala behov av sammanhang, promenader, mat och en lugn plats att vila.

Det har tagit mig nästan fyrtio år att komma fram till det. Jag är långsam jag vet. Kanske misstog jag mitt behov av rekreation för mitt behov av en lugn plats att vila. Kanske kunde jag inte vila i sällskap av andra människor? Kanske var det därför jag identifierade mig som ensamvarg, med stort behov av personligt utrymme?

Det var först när jag insåg att jag vill vila nära dig som bitarna föll på plats. Plötsligt blev allting så enkelt. Teser som jag bearbetat i flera år, broderat ut, skrivit om, redigerat, stött och blött, stämde helt plötsligt överens.

De enkla frågorna i livet, de stora frågorna. Vad är meningen? Hur skall jag leva, var, vad är viktigt - allt det besvarades i ett enda andetag. Och givetvis var det skrämmande att stå vid kanten av denna klippavsats och vilja hoppa, men samtidigt infann sig ett lugn i bröstkorgen. För jag hade vetat det hela tiden.

Det enda löfte du behöver ge dig själv: gör ingenting som känns fel i hela kroppen. Om det är så otäckt att du inte kan andas, eller som det orsakar dig fysisk skada, kan det se hur rätt ut som helst med logiska glasögon, men om din varelse säger nej, så är svaret nej.

På samma sätt, om någonting känns rätt, om någonting är lätt, om du kan vrida och vränga dig hur mycket som helst, men ändå kommer tillbaka till, då är det kanske rätt. Kanske inte lika prestigefyllt, kanske inte lika bra betalt, kanske inte lika mycket status, men vet du vad? Lycka låter sig inte mätas med dessa parametrar. Lycka handlar om att ha någon att hålla i handen, någon som håller samma takt som du, någon som har kapacitet att vara snäll mot dig på ett sätt som du förstår att ta emot.

Att ha livet på paus. Jag har inget riktigt jobb. (Jag jobbar fyra dagar i veckan, men det är inget "riktigt" jobb.) Där jag bor är inte där jag vill bo, och kärleken, ja du vet hur det är med kärleken. Den är viktigare än allt det andra. Allt det andra är justerbart, möjligt att anpassa efter behov, men kärleken. Den är ett fundament. Utan den har det andra ingenting att ankra fast i. Man vill inte bo, eller arbeta, där kärleken inte är. Därför är livet på paus. Min kärlek är inte här. Spelar ingen roll hur mycket jag arbetar, eller hur fint jag dekorerar min lägenhet. Så länge kärleken inte bor här, är det bara ett skal, en dålig ursäkt, en icke existens...

Och alla böcker i min bokhylla... kära nån jag borde läsa... men inget fångar min uppmärksamhet. "Borde" är liksom inte incitament nog. Man måste ju hänge sig, och jag kan inte uppbåda hängivelse inför "borde". Kanske borde jag kräva mer av litteraturen? Kanske mindre? Jag kräver att den talar till mig om angenäma, angelägna ting, med ett språk som berikar mig och som jag kan beundra, samtidigt som det inte får kännas konstlat eller poserande. Är det för mycket begärt? (Det är för mycket begärt).

Och mitt aldrig sinande, skriande behov av dig. Det driver mig så smått till vansinne. Har lovat mig själv att inte höra av mig när det är på liv och död, eftersom du kanske har annat för dig, och inte inser hur värdefullt ditt svar är för mig. Det har hänt, förut, att jag hittat dagar när jag klarar av att inte höra av dig, och då har jag skickat ut en liten fråga, distraherat mig med annat, och ev har du svarat, och det har varit den lyckligaste dagen för mig. Men som sagt, om du inte svarar, och jag på allvar funderar på om jag kan fortsätta leva utan dig, då kan jag inte tro på det här "du skulle passa lika bra med hundratals andra", för jag har provat andra, inte hundratals, men ett tillräckligt stort antal, för att veta, för att inse, att andra är inte som du. Du är unik. Det sägs att ingen är fullt så unik som man gärna själv vill tro, men jag vill tro att kombinationen av två personer kan vara helt unik. Kanske skulle jag ha nöjt mig med någon annan, om jag inte upplevt dig? Sannolikt. Sannolikt hade jag engagerat mig i någon annan, som kanske engagerat sig i mig tillbaka, och det hade kunnat bli ett långsiktigt förhållande, men inte in i evigheten, det tror jag inte. Kanske hade jag avverkat ett par, tre långa förhållanden i livet, och sagt "man kan passa tillsammans med ett hundratal personer". Och det är väl det, om man har haft ett antal, halvbra förhållanden där man delat det mesta, så kanske det kan vara så.

Men om man upplevt ett symbiotiskt förhållande, där samvaron är intuitiv, där bekräftelsen aldrig är uttalad, utan alltid upplevd, där konflikterna sällan är faktabaserade, händelsebaserade, utan bara en känsla av att någonting är skevt. Och det bekräftas senare, att något var lite skevt, men det gick över. Det handlar om en blick, ett andetag. (Man vet när man inte är välkommen.) Det kan vara så subtilt, men magkänslan är ändå mer sann än alla stora ord och yviga gester.

Om man upplevt det, är alla andra försök till relationer plastiga substitut.

För mig kommer vänskap först. Om du inte kan vara min vän är det ingenting värt. Vänskap och tillit. Tillåtelsen att vara trött ibland, tilliten till att det går över, att vi kan stryka svagheten medhårs och på så vis kamma ut de trassliga knutarna. Genom att bara slå in på ett annat spår kommer vi på vägen som leder framåt. Distraktion kan vara den bästa propplösaren.

Men om man får skäll för att man är trött, och anledningen till att man är trött kanske är att man fått skäll från början. Då hjälper det ju inte.

Väldigt länge trodde jag att du var helt förlorad för mig. Det var en hård sanning att leva med, men jag travade på, vågade inte titta tillbaka, höll blicken stadigt framåt.

Men det förflutna kommer ikapp. Till slut blev det oundvikligt. Jag sökte upp dig igen, och du var där. Väldigt lik mitt minne av dig. Lika finurlig, lika känslig, samma hudlösa ärlighet. Hur kan man inte älska dig?

Så nu brottas jag med hur jag skall leva med vetskapen om att den jag älskar befinner sig utanför min räckvidd. Avståndet skulle inte behöva utgöra något hinder egentligen, men det handlar om något annat? Kanske tillit, kanske förtroende? (Jag hade ditt förtroende, men avsade mig uppdraget?)

Så vad är värst? Att ha älskat och förlorat, eller att aldrig älskat alls?

Och vad är värst - att söka desperat efter kärlek, men inte veta vem man letar efter, eller längta desperat efter den enda personen som kan besvara ens böner, och den personen är undvikande?

Jag vet att jag gränsar till en psykos, att mitt beteende är allt annat än charmigt, eller ens legalt. Måste varje dag anstränga mig för att inte ringa upp dig (hundratals gånger) och varje gång jag sätter mig i bilen är jag rädd att jag "råkar" köra hem till dig. Det är en omväg på många mil, men jag skulle kunna misslyckas med alla andra mål, misslyckas att vända om, misslyckas att hejda mig, och finna mig stående på ditt trappsteg.

Världen är så fokuserad på materiella ting. Vi måste ha status och pengar och karriärer och säkerhet och försäkringar. Men vet du vad? Du kan dö i morgon. Av en hjärtinfarkt, ett snedsteg, eller en brusten cancersvulst. Det finns ingen försäkring som täcker det. Visst, om du överlever är det lättare att starta om, om man har en bra utbildning, det är lättare att återhämta sig om man har stabila finanser. Men vet du vad, återhämta sig till vad?

Jag är så enormt ledsen, men jag har fel ord i min mun. Det tog mig så här lång tid i livet, innan jag uppfattade vad som är viktigast för mig. Delvis för att jag alltid haft svårt att sätta ord på mina egna behov, men oxå för att det jag ville ha var väldigt omodernt.

Jag hade aldrig siktet inställt på något som kunde generera pengar. Jag var alltid värdelös på att göra saker jag "borde". Jag ville alltid göra saker som fick mig att må bra. Om jag inte mår bra kan jag inte göra någonting alls. Jag måste ha siktet inställt på något angenämt när jag vaknar på morgonen.

Ibland intalar jag mig att saker jag har på att-göra- listan är saker som får mig att må bra, trots att sanningen kanske låg någon annan stans.

Så jag har kommit fram till följande; som vi redan vet, som somliga vet tidigt i livet, som somliga tar för självklart och inte ens ifrågasätter, men för mig var det ett uppvaknande, eftersom det aldrig var en självklarhet:

Kärleken är viktigast av allt.

Jag kan inte föreställa mig en fråga, på vilken svaret skulle vara nej. Din lycka är viktig för mig, så viktig att jag gärna offrar mig själv.

Kan vara för mycket för somliga. Om man säger det till någon på första daten, eller inom de första åren faktiskt, kan man snabbt sorteras in i högen av psykopater.

Men det behöver inte vara psykos. Om man får tjänsten igen, om det är en två-parts insatts, om man båda eftersträvar att göra allt som står i sin makt för den andra personen, då är det ju ett givande och ett tagande, då är relationen jämlik. Då är det en sensibel sak att göra. Då har man ett äktenskap, eller en ambition om ett äktenskap i alla fall.

Jag är en av alla dem som ler, som skrattar, som säger tack. Tack för att jag finns, för att jag lever, för att jag inte är sjuk. "Tack det är bra!"

Men när lyset är släkt och dörren är stängd rämnar allt. Om det är tyst, eller om jag lyssnar på musik, så rämnar allt. Om jag försöker läsa en bok, en tidning, ett magasin, så rämnar allt. Incitamentet att koncentrera sig på någon annans värdsliga hybris är så försvinnande liten. Det som snurrar i mitt eget huvud är så oändligt mycket större, mäktigare, uppslukande.

Jag försöker vara snäll mot mig själv, ge mig själv cred för att jag går upp på morgonen, trots att kroppen är gjord av betong. Att jag äter frukost, borstar tänderna, går ut. Om det är arbetsdag klistrar jag på leendet, säger "Oh vilket väääder!" Och lurar min omgivning att tro att allt är fantastiskt - för då tror de det, och det gör det lite lättare för mig (om människorna i min omgivning tilläts häva ur sig sin misstro skulle jag inte orka stå upp, alls).

Och jag har lång återhämtningstid. Om något kraschar, på riktigt. Om någon säger någonting elakt, eller om jag ramlar och skrapar upp knäet, tar det nästan alltid fjorton dagar (ingen överdrift) innan jag är tillbaka på min normala nivå igen. Och notera: min normala nivå är den där jag klistrar ett fejkat smil på mitt fejs och säger "vilket väääder!".

Sov ganska dåligt, vände och vred, svettig, klistrig. Vaknade som ett spjut kl 05:43 av århundradets nackspärr.

Konstigt detta med kroppen. Den berättar saker för en. Vad man borde göra, vad man inte borde göra. Det finns definitivt saker jag absolut inte borde göra...

Jag behöver diska och jag behöver städa och jag behöver träna och jag behöver duscha, men jag hänger framför youtube och tittar på Iz Harris för att hon är fantastisk (check her out) och jag dricker kaffe fastän det är för sent för det (omg en hel timma försent!!!) men man får sota för sina synder senare (i morgon, på jobbet, när ordrarna köas upp, kaffekoppar slinker ur mina händer, ostar hamnar på golvet och soppan som jag redan har sålt är slut för tre portioner sedan...)...

Men det är senare, just nu är nu och just nu rider jag på den här vågen av querks och humor och undrar om jag inte borde ringa dig, bara ringa dig, för att jag älskar dig och för att jag saknar dig och för att jag just nu är i ett läge där jag inte gråter och skakar och har svårt att vara i min kropp. Jag vill springa och skrika och dansa och jag vill göra allt det med dig, givetvis! Men jag vet inte om jag vågar, vet inte om nu är en bra tid för dig, vet inte vad du gör, hur du mår, om jag får spränga mig in i ditt liv litegrann, vet att du inte förväntar dig det (ibland är det oväntade det bästa som kan hända) vet inte om det är välkommet. Vill inte skrämma dig med mina avsikter, vet att jag är genomskinlig. Vet att du lätt läste av vad jag vill, vet att du förhåller dig reserverad inför sådana anbud. Men jag vill vara din vän. Kan vi inte försöka vara bara vänner i alla fall? Jag älskar dig för mycket för att klara av att leva helt utan dig.

Och jag älskar dig idag, som alla andra dagar. Jag älskar att du fortfarande finns, jag älskar mina dagdrömmar om dig, men jag vet att jag skulle älska dig ännu mer om vi verkligen hördes av. Jag älskar dig som möjlighet, som potentiell verklighet. Och det mest fantastiska av allt; varje gång vi interagerar förvånar du mig med att vara ännu mer du än jag någonsin kunnat drömma om. Du är så jävla du, och jag älskar dig ändlöst.

Det är måndag.
Jag är ledig.
Jag får göra vad jag vill.
Eller ingenting.
Hade storslagna planer.
Funderar på att borsta tänderna.

Förlåt?

Förlåt förlåt förlåt

Förlåt vad menar du?

Förlåt som i - jag ångrar mig, jag ser att jag sårat dig, jag skall gör mitt absolut yttersta för att aldrig göra så igen, Eller förlåt som i - förlåt mig för att jag är en så hopplös individ, jag kan inte hjälpa det, du måste förlåta mig mina fel och brister och acceptera att jag är på det här viset?

Två helt olika betydelser eller syften med förlåt.

Att förlåta - att undvika att vara långsint, eller förlåta, att acceptera att andra inte gör och är som man vill?

Vad måste verkligen göras idag?

Gör det, gör bara det. Allting som kan skjutas upp till i morgon kan du spara tills i morgon. Det är ok. Himlen kommer inte att trilla ner. Världen kommer inte att implodera. Du har imorgon. Oxå.

Och det blir bättre. Sedan. Det finns ett sedan. Ett efteråt. När du har gjort det du absolut måste för idag. Kommer ett sedan. Ett efteråt. En ny möjlighet att göra det man måste, det som är absolut nödvändigt för överlevnad. Det kan handla om ett telefonsamtal, en räkning som måste betalas. Gör det. Det ger dig frihet. Men gör bara det som är absolut nödvändigt. Skit i "borde"...

Så: gör det som är roligt, det som du vill. Och gör det du måste- det ger dig frihet. Men ifrågasätt "borde". Varför? För ett långsiktigt mål? För att vinna aktning i någon annans ögon? För att det anses korrekt av pöbeln? Skit i det. Gör som du vill. Om du vill göra någonting, för att du mår bra av det, för att du gillar det, för att det skänker dig glädje, gör det. Men om det bara handlar om att se prydlig ut i allmänhetens ögon, fuck that shit!

Om magkänslan. Jag har försökt bejaka min magkänsla, eftersom jag upplever att den berättar sanningen för mig, och för att jag är så dålig på att ta hänsyn till mig själv, så dålig på att dra gränser kring vad som är ok, för mig. Så jag åberopar min magkänsla, och tränar mig på att lyssna till den.

Så dyker Alan de Botton upp med sin förträffliga "school of life" och en titel "varför du inte bör lita till dina känslor". Jag kan inte hjälpa att sätta teet i halsen. WTF?

Visar sig att vi pratar om helt olika saker. Han ger exempel som handlar om förutfattade meningar och bristande bildning, tex rasism och liknande.

Jag menar ju att man med research i bakhuvudet, och alla logiska överläggningar till trots, kanske inte alltid bör välja det matematiskt kalkylerade alternativet, om man vet att det är fel för en. Man bör lyssna på sin magkänsla, när det kommer till de personliga sakerna. Och att det kan vara ett privilegie att åtnjuta när man har erfarenhet och har stött å blött både teori och praktik ett antal varv i morteln. Då kan man åtnjuta privilegiet att säga nej, det här är inte för mig. Det vet jag, för jag har provat. Jag har försökt och jag har försökt modifiera, enligt alla logiska parametrar borde det fungera, det vet jag, men det funkar inte för mig. Jag föredrar en annan modell. Den ser mindre rationell ut vid första anblicken, men den fungerar sömlöst för mig, så jag gör på mitt sätt. Tack för omtanken, men jag är mig själv närmast, och jag vet vad som fungerar för mig.

Vi intalar oss gärna att vi har rätt till lycka. Vi förtjänar att behandlas med respekt och värdighet. Vi jobbar hårt och hjärtat travar på. Vi förtjänar omtanke och kärlek. Men vad ger vi ut egentligen? Vad kräver vi av våra medmänniskor? Ställer vi rimliga krav, ber vi på ett fint sätt? Du har rätt till lycka, inte genom att vara en person, utan genom att så lycka i dina medmänniskor. Du kan aldrig kräva att bli behandlad med respekt, om du inte själv respekterar och värdesätter människor i din närhet. För att kunna åtnjuta någons kärlek och omtanke måste du först vara älskvärd och omtänksam.

Alltför många gånger upplever man att man försöker tömma en bäck, och den spolar omkull en till slut. Då har man kanske förslösat sina krafter på fel saker. Försök, om möjligt, att kanalisera din energi där den välkomnas med tacksamhet.

Spill inte ditt flit, din kärlek, där den inte omhändertas.

Upphör att ösa ur en bäck med en sil, du får bara skit med dig.

Ta en vän i handen, sitt på den varma stenen i solen, och dela en termos kaffe. Delad glädje, du vet.

Å ena sidan är det skönt att inte sakna dig så brutalt hela tiden. Det har jag sagt förut. När jag saknar dig går jag sönder. Så det är skönt att känna att livet går vidare utan dig. Men samtidigt är jag rädd att jag tappar bort mina prioriteringar. För jag vet att nästa gång skiten slår i fläkten (och det kommer det att göra, det är lagen, skiten slår i fläkten allt som oftast) och om jag då, fortfarande, inte har dig att hålla i, att ringa till, att luta mig emot, så kommer jag att gå sönder igen. Och det är lika brutalt varje gång. Varje gång jag inte kan skilja på problemet jag sitter framför, och drömmen om det enklare livet, så tror jag att det är drömmen om det enklare livet som är min black om foten, så jag undersöker möjligheten att rymma dit. Men lösningen är aldrig att rymma. Faktum är att man stöter på patrull ibland. Det är ok. Men man ska kanske se till att ha vänner i sin omgivning, som kan hjälpa en när det smäller, så att man slipper stå i det helt själv.

Och det går flera dagar igen. Flera dagar när jag mår fantastisk bra och jag tänker att kanske? Kanske är mina drömmar orealistiska och verklighetsfrånvända. Det är lätt att tänka så när man har vind i seglen och man lever sitt vanliga liv där klockan ringer på morgonen och löpskorna väntar på en när man kommer hem. Och man lyssnar på musik och lagar mat och ringer sina vänner och fäller persiennen på kvällen och släcker lyset och somnar med lektyren i ansiktet. Och det är ok. Allt är ok. Man mår bra. Lite träningsverk kanske, ett myggbett i knävecket, men inget värre än så. Men vet du vad? Jag räknar det som en parentes. För jag vet. Lika säkert som vad som helst, att rätt vad det är ramlar himlen ner. Rätt vad det är är jag sådär oskäligt trött igen. Rätt vad det är finns inget syfte med någonting av väckarklockor eller löpskor eller planerade matlådor. Rätt vad det är är det enda som finns en enda jättestor saknad, och jag saknar dig. Varje gång är det dig jag saknar. Ibland kan det gå flera dagar emellan, ibland bara någon timma. Men det är dig jag saknar. Varje gång.

Det som tidigare varit en viskning i gräset
En suck ur en försmådd älskares mun
Ett missförstånd
En oärligt välriktad indignation
- vad som helst för trivita
Har helt plötsligt fått en reell tyngd.
Helt plötsligt sitter den på mitt bröst
Och tvingar mig att inse varför jag inte kan andas.
Den här orimliga saknaden
Helt utan renons
Klev in och sprängde min värld.
Precis på samma vis
Som du tvingade din sanning på mig
För så många år sedan
(Jag är inte kär i dig, bara så att du vet)
På samma vis
Tvingar min sanning till sig
Att få finnas, vara verklig
- Jag älskar dig, bara så att du vet det!
Jag har älskat dig
Sedan den dagen vi träffades, sedan alla dagar.
Kan inte föreställa mig den fråga
Till vilken svaret skulle vara nej,
Finns inget hinder
Jag inte skulle forcera
För din skull
Ingen tjänst jag skulle kunna göra dig
Som vore för mycket.
Självklart inte.
Du sa, då för tiden
Att du inte kunde älska mig.
Jag ifrågasatte inte det

alla dina handlingar
Var så i linje med
Hur jag uppfattade
Kärleken.
Så om detta inte var kärlek
Vad är
I så fall?

Det händer, när jag jobbar tillräckligt mycket, att jag inte har tid att sakna dig lika hopplöst. Det är när jag är ledig som slöseriet blir uppenbart. Om jag går upp en eller ett par timmar innan jag är vaken, piskar mig själv att göra grejor för någon annans skull, kommer hem och jagar mig själv för att hinna göra det jag måste hinna innan jag medvetslös ramlar i säng, så hinner jag inte känna eller tänka efter.

Men om jag vaknar av mig själv på morgonen så sträcker jag mig alltid efter dig. Vill omfamna dig om jag så har bara fem sekunder att ödsla. Frukosten lagas och jag undrar varför du inte delar den med mig om jag är vaken nog att ha en enda tanke i huvudet. Jag planerar dagens aktiviteter utifrån vad jag vet att du skulle uppskatta, vad du skulle ha för planer. Med den lilla skillnaden att du inte är här... jag behöver inte ta hänsyn till dig. Jag sätter mig i tv soffan på kvällen och väljer ett program som jag vet du skulle gilla, men du är inte här. Jag önskar krypa in under din arm, ha ditt huvud i mitt knä, men du är inte här, och jag saknar dig och det känns så slösaktigt med all den här tiden, som vi inte spenderar tillsammans, fastän vi hade kunnat...

Men vi har språkats vid, och allt känns omedelbart så mycket närmare. Kanske vore det inte helt apart om jag ändå bara dyker upp på din tröskel, kanske kan jag bara ringa dig och säga... vad som helst. Du skulle förstå, jag vet att du förstår. Vet inte vad du vill, men vet att du förstår. Gissar att du är rädd. Självklart. Det är ok. Jag skulle aldrig såra dig, men det kan du inte veta. Det är ett löfte du anser att man inte kan ge. Men man kan vara ärlig. Du var alltid ärlig mot mig, och undvek på så vis att såra mig. Eller, jag vägrade låta mig bli sårad. Jag godkände dina förklaringar, för jag ville att de skulle vara sanna, och då var de sanningen. Det är därför jag fortfarande älskar dig. För att du är ärlig. Jag har varit oärlig mot andra, eftersom jag ljugit för mig själv. Det har varit ohållbart. Och jag föraktar personer som tvingar mig att ljuga för dem. Kanske är det därför jag högaktar dig? Eftersom du alltid var ärlig, även om det var obekvämt. Men jag lät dig, valde att inte förminska din sanning. Den var din och den var viktig för dig, och således viktig för mig, eftersom jag älskade dig.

Och det gör jag fortfarande.

Ibland behöver jag bara prata. Behöver en verklighetsanknytning som bekräftar att jag fortfarande är här, att jag fortfarande är verklig, att jag inte helt tappat koncepterna.

Men ibland behöver jag prata snusk oxå. Jag behöver nämna att jag önskar din pulserande kuk mellan mina läppar, att du är du med all din intelligens och din medkänsla och sociala kompetens, för vilken jag högaktar dig, men jag vill ha ditt kött, din svett, din tyngd över mig, i mig, som vilken löpande hynda som helst vill jag bara trycka mitt hål mot dig och komma i långa konvulsioner tills jag tappar andan helt och somnar utmattad på din arm. Kanske är det apokalypsen alla talar om, den som alla fruktar, den som folk drogar sig till sanslöshet för att få uppleva. Kanske är det därför, för att du gav det till mig. Förutom viga diskussioner, utmanade teorier, fantasifulla tankesprång, förutan vilka jag aldrig fallit för dig.

Men på sista raden är det jag vill ha av dig, förutom utmaning, konversation, förströelse, givetvis apokalyps. Det är därför det finns självmords-sekter, det är därför det finns droger, för alla har inte träffat någon som dig i sitt liv.

Jag har sagt det förut, och jag säger det igen. Kanske är det slöseri av mig att sitta ensam och inte njuta av någon. Men att förslösa mig på någon annan än dig vore ett ännu större slöseri.

Vad jag kan erbjuda?
Väldigt enkla saker. Enkla rutiner. Jag har ingen högskoleexamen, inget vedertaget intellektuellt kapital. Jag äger inga skogar, ingen mark, inget materiellt värde tillkommer i hemgiften. Jag är en väldigt fysisk varelse, du får min hud, alla mina nerver och andetag. Du får mina tankar, förvirrade och osorterade. Men fördelen: jag har hittat rutiner. Jag har kommit på hur man lever. Hur man är nöjd med det lilla, hur man står ut med vardagen, hur man lägger upp en plan som bygger upp, snarare än river ner. Min kropp är stark och böjbar, min hud är spänstig och len, mitt sinne erbjuder enorma ytor för experiment och utflykter om du vill begagna dem. Jag erbjuder dig en gränslöshet som inte baseras på geografi eller kapitalism. Jag erbjuder: frukost, lunch och middag, sysselsättning för kroppen, och distraktion för hjärnloben, varje dag. Det är mitt recept mot demonerna. Jag får saker gjort, jag sparkar in dörrar, jag väntar inte på godkännande från högre ort, jag gör det jag måste och jag gör det jag vill, och jag gör det utan dröjsmål. Allt för många människor blir sittande i sina soffor väntande på att någon skall hjälpa dem, att någon skall godkänna dem, att de skall få tillåtelse, betyg, diplom. Inte jag.

Skulle kunna vara vilken lördag som helst, men det är det inte. För jag är ledig. Jag borde vara på jobbet. Jag borde vara sysselsatt med grönsaker och smörgåsar och kaffe, att torka bord och fylla på servetter. Mina tankar borde strömlinjeformas och hållas i koppel, ledas mot ett enkelt mål som är ett klockslag, som är utmattning, som är tanklöst inmundigande av sekundär näring och rastlös sömn.

Men det är en annorlunda lördag. En slags extra röd lördag. En dag av låsta dörrar och öppna vidder. En dag av fria fantasier och dess möjligheter skrämmer mer än rasslande kedjor. Vad jag kan göra mot mig själv är alltid mer skrämmande än vad någon annan kan hitta på. Är det någon annans påbud kan jag alltid säga nej. Mitt jag är starkt och vet alltid om någon annan försöker göra mig illa. Men när det är min egen hjärna som löper amok finns inga säkerhetsbälten. Solen skiner och sjön ligger blank och klar. Disken luktar av gårdagens lök och små stenar knastrar mot linoleumgolvet. Jag skulle kunna diska och dammsuga och sola och bada, det skulle kunna vara en enkel dag. Men troll har byggt bo innanför mitt pannben, en oro ormar runt där som skrämmer. (På riktigt är det en överdrift. Jag vet att jag kommer sköta mig. Jag kommer inte att göra något huvudlöst. Jag kommer inte hoppa. Jag kommer stanna innanför mina geografiskt och filosofiskt angivna ramar och inte kasta mig ut i något oåterkalleligt, även om jag önskade det.)

Vilken av dina egenskaper skulle du vilja att din partner framhåller som din främsta? Av vilken anledning skall man falla för dig? Du vet vem du är, för vad du vill bli älskad. Vad är det du vill att din älskade skall se?

Det var om liknöjdheten. Den förgiftande liknöjdheten som vi alla föraktar, eller som vi alla föraktade när vi var unga och inte ville bli som våra föräldrar. Vi är en förlorad generation, de mina och jag. Vi växte upp under ekonomisk kris och såg våra föräldrar falla sönder inför våra ögon. Såg utbildning och investeringar smulas sönder till ingenting. Såg lögnen målas upp, att slita ont och ändå hata sitt liv så som våra föräldrar hatade varandra före skilsmässorna, det var ingenting för oss. Vi ville leva av våra drömmar och inte gå i någons ledband, villa- Volvo- vove, det var ingenting för oss. Vi ville ha hela världen men inga obligationer. Vi studerade teater och kreativt skrivande, vi producerade våra egna hip-hopalbum på våra secondhand-ärvda fyrkanals portor. Vi gick på folkhögskolor och flyttade utomlands på ett år och kom tillbaka långt mycket senare. Vi jobbade deltid på pressbyrån/ dagis/ som personlig assistent medans vi pluggade konsthistoria/ smyckedesign/ socialantropologi, vi hade drömmar och visioner så världsfrånvända som bara barn av väldigt trasiga tider kan ha. Väldigt lite verklighetsanknytning, väldigt lite praktisk applicering. Någon lyckades trots allt få ett jobb på radion, på någon tidning, vi andra fortsatte drömma. Ingen visste hur man gjorde den här grejen som kallas livet. Några flyttade ihop med sina partners, några skaffade barn, mest som av en händelse, men de flesta väntade ganska länge med allt det där. Vi fortsatte drömma om att flytta utomlands, till en annan stad, till ett annat liv, där saker gjordes annorlunda. Där ekonomiska kriser inte berörde en, där gräsmattor klipptes av någon annan, där man inte behöver bry sig om vem som plockar ur diskmaskinen. Vi var kanske stora omogna barn, bortskämda tonåringar som fortfarande inte ville ta tag i vuxenliv med den typ av grythandskar som krävs, men någonting hade vi lärt oss. Vi var inte liknöjda. Vi strävade alltid efter någonting mer. Vi ville alltid lite till. Vi ville nå våra drömmar, sådant vi uppfattade att våra föräldrar hade givit upp allt för lätt. Vilket gjorde att vi växte upp väldigt sent. Flera av oss var nästan fyrtio innan vi stadgade oss och skaffade bostadslån. Flera var redan grå i håret när de annonserade att de planerande att reproducera sig. Det kan ses som ett fundament i livet, men vi ville inte göra det innan vi var säkra på att vi löst de tuffaste knutarna.

Men på sista raden handlar det om att undvika liknöjdheten. Det finns alltid mer att jobba för! Se till att äta den bästa maten, träna den bästa kroppen, må så bäst du bara kan, ta hand om dig på bästa sätt. Skaffa ett jobb som utmanar dig och utvecklar dig och belönar dig. Om du inte trivs i alla fall femtio procent av tiden går det i sopporna! Spelar ingen roll om det är bra betalt, sex veckors semester, vad skall du med sex veckors semester till om du vantrivs de övriga fyrtiofyra veckorna per år? Ska du gå runt och vara miserabel inför dina medmänniskor fyrtiofyra veckor per år, för att sedan åka ut till stugan och rensa brännnässlor ur hallonbuskarna ett par veckor per sommar? Det är inte ett liv. Get a move on!

Så säger vi, i min generation. Vi säger upp oss och slänger igen dörrarna efter oss, och ser inte tillbaka. Vi vet inte vad vi vill men vi jagar våra drömmar. Vi nöjer oss inte med två dagar per vecka på gymmet, vi springer ultralopp och tränar crossfit, vi bacejumpar och provar mystiska ayroveda mediciner som helt saknar evidens, eftersom våra ibs-magar ändå motsäger allt som vetenskapen hitintills kommit fram till. Vi är rastlösa själar som saknar tålamod men är villiga att ta riken.

Vi kräver av oss själva att alltid vara nyfikna, på väg framåt, och vi flyr liknöjdheten värre än armagedon. För undergången är i alla fall spektakulär. Om vi varit där hade det varit en fantastisk historia att berätta. Men att sitta och misstrivas på ett jobb fyrtiofyra veckor per år, och komma hem till en partner som inte ser en nio dagar av tio, men som plockat ur diskmaskinen så att man inte hittar sin power-smoothie-shaker utan att vända ut och in på huset, och behöva lyssna på meningslös musik, och äta falukorv med ketchup, det är liksom ingenting att skriva manus till tv-serier om. (Det görs i och för sig. Och folk skattar. Folk kommer hem från sina bedrövliga jobb, slår sig ner i soffan de köpt på avbetalning, micrar lite falukorv och tittar på "solsidan" och skrattar. De borde kanske svälja en kula, om det var jag hade jag gjort det.) Jag sitter i min hyrda lägenhet (inga lån, tre månaders uppsägning) och kan när jag vill börja ett helt nytt liv. Mitt nya liv, där jag får betalt för mina ansträngningar kan börja nästa vecka, den möjligheten finns fortfarande. Jag kan fortfarande bli något, bli stor. Jag är inte vuxen ännu. Enligt passet har jag fyllt fyrtio, men jag är inte vuxen än. Jag väljer att ha kvar mina barnsliga drömmar, att vara bortskämd och omogen, kanske. Men jag tar ingen skit. Om jag inte skrattar minst sextio procent av tiden är jag inte nöjd. Om du vill vara min kamrat i livet är det bäst för dig att du bidrar, jag tröttnar ganska snart om du inte håller mitt tempo. Jag vilar en dag per vecka, max. Jag bakar och brygger kombucha och planerar mina matlådor. Det kan låta tråkigt, men det är ett sätt att ha tid över till allt det andra. Att hitta den lilla springan i garderoben som leder till ett förtrollat land, att göra plats i sitt huvud för världar och verkligheter som bara är möjliga om man skapar ytor för dem att gro. Kom igen då. Övning är en sak, man måste öva om man skall bli bra på något, man måste oxå hålla leken vid liv. Den dagen vi slutar leka är vi liknöjda, och ganska snart likstela, med träfrack sex fot under marken. Och det är inte så vi vill leva, eller hur?

Det går till en viss gräns, man kan lura sig själv en viss tid, ett litet tag går bra. Man snurrar på, distraherar sig, hittar på, låssas att allt är bra. "Det här är bra, det här är vad jag vill! /kanske är mina fantasier bara tossigt trams i alla fall..." Ett litet tag går det bra.

Och jag jobbar och låssas att jag inte har tid. Jag har inte tid att ringa mormor, eller mamma, eller syster, eller någon av de andra. Jag har inte tid att planera semester eller boka aktiviteter. Det har jag faktiskt inte tid med, eller ork. Med nöd och näppe organiserar jag undan disken och stoppar potatis i munnen, tvålar in kroppen och sköljer schampo ur håret. Med minimal marginal lyckas jag ha strumpor på båda fötterna när jag går hemifrån.

Men det förhindrar inte min besatthet av dig. För med varje liten microhändelse, varje vindpust genom håret när jag cyklar nedför backen, varje steg jag tar i mina skor, hur sulorna knarrar mot underlaget, varje gång min hand greppar ett föremål, varje gång jag släpper, varje gång jag blir varse att någon stirrar på min bakdel, varje gång jag vänder mig om och säger "nej" med min blick, varje gång jag önskar att det var till dig jag svarade, och vilket annorlunda svar det skulle vara. Och alla oanständiga förslag jag får, som jag artigt avböjer som enkla missförstånd -gubbtjuvar! Vad tror de om mig!

Men det finns en gubbtjuv som jag gärna svarat, om han haft oanständighet nog att göra mig förnärmad. Men det är aldrig av dem man önskar som man får simpla erbjudanden. Dem man önskar önskar man kanske just för att de håller sig för goda för sådana fula trix. Ingen sa att livet var enkelt, det som är gratis är aldrig lika gott, men att det skulle vara helt omöjligt att vokalisera sitt behov av partner, att just den parten som är den som sömlöst smälter samman med en, skulle konfiskeras och blockeras av mil och tid och svikna förtroenden. Jag kan inte nog understryka hur ledsen det gör mig.

Och som jag sagt en miljon gånger förut: ibland tror jag att jag kan leva med saknaden, ibland tror jag att jag kan jobba bort den, drömma ut den, springa ihjäl den.

Men så kliver tröttheten in i sina stora kängor och står på mitt bröst. Och jag är för trött för att ta tag i situationen, för viljelös för att låta bli. Det är för riskabelt för att våga misslyckas, men omöjligt att inte försöka. Så jag låssas att jag vill vara din vän, för det vill jag, det är ingen lögn. Men jag vill vara en vän som somnar utmed din ryggrad, en vän som vet när du bokat tvättstugan, en vän som delar tandkräm och deodorant.

En sådan sorts vän. Du vet?

Och jag faller in i samma gamla hjulspår, även om vägen växt igen för länge sedan. Den leder ingenstans, men jag försöker. Jag minns vad som fanns bakom kröken, så jag trasslar mig genom igenväxta snår och sly och letar efter saker som ingen kunde förvänta sig hitta.

Och jag faller för män i tre dagars skäggstubb, frisyrer som de klippt själva och flanellskjortor de sovit i i tre veckor. Något oundvikligt i den typen av självdistans, en typ av löfte om vad som är viktigt (inte hårvax och speglar och ytlighet, utan var man är på väg och vad man är villig att offra för att komma dit). Men det är en romantisk saga. Självupptagenhet kan se olika ut. Det kan lika gärna vara avsaknad av respekt för andra människor, gängse uppfattning om hygien eller dygnsrytm, men jag väljer att tro att det handlar om konstnärens oförmåga att gå i några ledband, kalla det sömn eller hunger eller vad för basala behov som helst som de flesta av oss enkelt ger upp inför, men vissa fastnar i ett flow och blir sittande med sitt jobb, sin hobby, sitt allt. De offrar sådant som vi vanliga dödliga inte kan föreställa oss göra avkall på. Vi tror att det är en pose, en image, en odlad persona som väl aldrig kan vara sann i längden? Men den är sann i längden, och den är omöjlig att leva bredvid. Hur romantiskt det än kan verka att ha en total hängivenhet, är kostnaden i form av bristande tak över huvudet och gröt i magen ganska stor, och inte alls romantisk i längden. Så om man (likt mig) gillar att sova i sin säng och koka sitt eget kaffe på morgonen, och ha någon typ av rutin, ha någon typ av struktur på tillvaron, då är dessa tre dagars skäggstubbs- typer i sina självklippta frisyrer och flanellskjortor som inte tvättats på flera veckor ingenting att stå efter, hur romantiskt det än kan verka vid första anblicken.

Det borde jag ha lärt mig...

Jag vet att jag har ett konstigt sätt att uttrycka mig, och jag ber om ursäkt för mina oresonliga ramblanden, men jag antar att det jag vill ha sagt är att jag saknar dig endel ibland (och ganska ofta alldeles oanständigt mycket) för jag vet att du är en fin människa och jag vill gärna låna lite av det av dig ibland. Hoppas du haft en bra dag, om inte, hoppas du har något fint att se fram emot i morgon.

Känner mig ofta som en nyinfångad vildhäst som sprattlar i en longeringslina, bockar och sparkar och rycker och far, bränner så mycket energi på missförstånd och kommer ingenstans. Men så kommer du in i rummet och plötligt lugnar sig allt, samlad trav i form på volten -jaha, var det så enkelt, är det såhär man gör!

Ingen praktisk applicering alls, vi pratar om energier nu, bara den emotionella upplevelsen av att vara nära dig.

Jag behöver vara nära dig. Har inte råd att bränna all min energi på missförstånd som en rodeohäst som försöker slita sig ur en lasso.

Man förälskar sig i en förpackning. Förpackningen påminner om någonting man gillat förut, något man haft, eller nästan haft, och man vill gärna tro att alla förpackningar som ser lika dana ut har samma innehåll. Men förpackningen är bara yta. Kläder och skor, frisyrer och sneda leenden kan dölja en uppsjö av variationer när det kommer till värderingar och smak och tillämpning av teorier, eller bara energi, hur man intar ett rum och tillåter eller bestjäl andra på deras andningskapacitet.

Några av mina forna älskare har haft olika drag av varandra rent estetiskt, trots att jag bergfast alltid hävdat att jag aldrig valt någon av dem med deras fysiska företräden som referens. Men i backspegeln kan jag se att det finns gemensamma drag, några stycken här och var, inte som att de är kloner av varandra, men sättet att slita skorna, förmågan att inte riktigt följa ett schema, kapaciteten att sitta en hel dag framför ett parti Tetris och undra varför man plötsligt är hungrig (dessa basala funktioner förvånar). Det finns några gemensamma nämnare. Likt evolutionen utvecklar och förbättrar, regenereras mina älskare. Men jag tror att jag kommit varvet runt. Cirkeln är sluten och jag är tillbaka där jag började. Helt osannolikt var den första den bästa, och jag är redo att göra avbön. Snälla snälla söta fantastiska man, låt mig komma hem.

Det är en sådan dag igen! Jag är fet och ful och finnig och luktar svett och huden är torr och flagg och sårig och jag har ingenting att ta på mig och det luktar sunk i mitt kök, och jag är hungrig trots att jag åt nyss, och jag är rastlös och jag vill ut, men jag orkar inte och det regnar och blåser halv storm och jag väntar svar från support och jag är så frustrerad att jag är rädd att jag kanske kommer att ha ihjäl någon idag, eller i alla fall slå sönder saker för AAAAAA va det inte är mysigt idag....

Så, hur är läget med dig? Du ok? Några bra planer för dagen? Något roligt på agendan? Någonting att se fram emot?

Berätta, snälla säg att du har något att se fram emot i ditt liv, något roligt som hände nyss (eller förra veckan) för jag behöver höra det. Ibland behöver man höra det massor, -att livet faktiskt är görbart, att det går framåt. Små saker, som att matlådan INTE läkte ut i handväskan, att bussen kom i tid, att chefen/kollegan faktisk sa något snällt, du vet. Vad som helst som gör att livet är ok, att inte ALLTING är en sån jävla fight HELA tiden, för just idag känns det så.

Tack.

Jag fick någonting tillbaka.

Genom att visa mig sårbar skapade jag en möjlighet att bli visad omtanke. Det var nytt för mig, eller, det var så länge sedan att jag glömt bort hur man gör.

Men du vet hur man gör.

Du är väldigt väl verserad i den ädla konsten att visa omtanke. Kanske för att du själv vet hur du vill bli bemött, kanske för att du övat väldigt mycket på väldigt många människor, kanske för att du är intresserad av att vara en hygglig prick, kanske gör du det helt intuitivt, utan att reflektera (men det tror jag inte, allt du gör är väldigt väl övervägt, alltid).

Och givetvis gör det att jag älskar dig ännu mer, och givetvis tog jag chansen att vara lite för mycket, kanske en aning burdus, en aning, ja, well, duvet, å fuck...

Och kvällen sänker sig och ger plats för gatlysena att glimra. Ännu en dag till handlingarna, ännu ett löppass i sjö-blötan, ännu några mil bakom ratten, ännu några blåbär i frysen. Allt sådant passerar obemärkt. Tacksamt, men obemärkt. Det som får kinderna att blossa var några fina ord. Gehör för min plumphet, men en läxa om närhet. Kanske behöver du vänlighet, kanske behöver du omtanke. Men ännu mer att ge. När du har en uppgift, när du känner dig användbar. Kanske kan jag inte lära dig någonting (givetvis kan jag inte lära dig någonting) men du behöver oxå känna dig behövd. Du vet precis hur man gör, och behöver göra det. Alltså måste jag lära mig att tagga ner mina besserwisser fasoner, tagga ner mina "miss know it al" och vara ödmjuk. Tillgänglig, blotta var jag har behov och bjuda in dig. Kanske har jag knäckt den nöten?

Och jag funderade ett ögonblick på om jag skulle vara lite distanserad, men att spela svår är inte riktigt läge... ellerhur? Då handlar det mer om att få fucking tummen ur. Kom hit och var min vän, eller jag kan komma dit och va din vän. Låt oss vara vänner, det vore så oändligt sött.

Jag hade alltid dåligt samvete för att jag inte kunde ge tillbaka, för att jag inte kunde göra för dig vad du gjorde för mig, och trodde att det var därför du inte hade total hängivenhet för mig. När sanningen alltså var närmare den att du hade så pass hängivelse för mig eftersom jag behövde dig så uppenbart och oändligt. Och du släppte varsamt greppet när jag trodde mig om att klara mig själv.

Så det som jag såg som att jag svek och övergav, såg du kanske som en naturlig utveckling? Men nu står jag här, och inser att jag haft fel. Mitt yviga, pladdriga jag, som så lätt blir oaktsamt och plumpt. Försöker hålla mig i mitt skinn, försöker hålla mig ödmjuk, försöker lyssna in var du är, vad du vill, om du vill?

Och jag vill så gärna att du vill, och mitt skinn rodnar vid tanken på dina händer, och min mjuka vilja formar sig så lätt efter dina behov. Jag behöver vara behövd, jag vill vara önskad. Och du vill vara behövd, och jag behöver dig hela vägen ner i fundamentet av min varelse.

Vill vara glad. Vill välja glädjen. Lyckan är svår, som vi vet, swichar förbi en kort sekund. Men glädjen, den kan man odla, göda. Genom att säga "tack det är bra" förstärker man den. Genom att göra hoppsa-steg och le stort övertygar man kroppen om att jo då, detta är kul, "jag mår bra tack".

Och jag har vant mig vid att människor föredrar när man är glad och stark. Man är lättare att umgås med, lättare att arbeta med, lättare helt och hållet, om man säger "jo det är bra tack" eller "jag mår bra, och du?". Inte så mycket en konversations-startare, men en enkel dörr att gå vidare igenom. Men en meningslös dörr.

Du frågar "läget då" för att du verkligen vill veta. Det är utgångspunkten för konversationen, och villkoret är att man delar med sig av det mörka som spökar innanför ens varelse. Vad för mardrömmar har du, vad för olyckligheter driver ditt vansinne?

Och jag, mitt arma jag, som alltid tror att jag lämnat det värsta bakom mig, som alltid är full av tillförsikt, alltid säger "men NU! Nu blir det bättre, snart..."

Och jag saknar dig eftersom du inte rädds svaghet, eftersom du vet hur man hanterar olycka, eftersom du inte backar och tystnar om man börjar gråta. Du fortsätter helt lugnt att andas, berättar någon liten anekdot från din dag, väntar in, läser av, kollar att man är med. Och man är med. Man är så tacksam, eftersom du varligt, vänligt, distraherat en från ens mörkaste tankar. Utan att förringa eller förneka. Utan plattityder eller klichéer, bara enkelt (vant) manövrerat situationen.

Kanske är det sådant man har dig till? (Det är sådant man har dig till.) Det är därför man saknar dig så maniskt. Men man måste låta dig göra din grej. Går liksom inte att säga "jo det är bra tack" för då kommer man ingen stans. Man måste berätta att man har sina kval, att man saknar dig, att livet känns sådär färglöst och meningslöst och att du utgör en avgörande skillnad för huruvida man klarar av att fortsätta eller inte. Bara då, bara om man är så ärlig, kan man ge dig en chans att inta din rättmätiga plats. Bara om jag vågar vara så sårbar, kan du göra det du är bäst på. Att vara min bästa vän.

Vänner.

Jag har varit för frikostig med min vänskap, har jag blivit varse.

Jag brukade säga att man har vänner i tre graderingar: dem man springer på ibland, och det är trevligt (bekanta), dem man anstränger sig lite för att träffa ibland, och det är trevligt (vänner), och så dem som det gör ont att sakna, som man BEHÖVER i sitt liv, för att det blir svårt annars...

Men jag måste omdefiniera. Vänner är personer som bidrar, som är mån om ditt välbefinnande, villkorslöst.

Jag menar inte att vänner inte ställer krav, utan att de ställer krav på att du ser efter dig själv, för din egen skull, snarare än för deras skull.

Att ha och att inte. Att stå emot en frestelse, eller falla för den. Vad som avgör? Styrkan att ha råd att förlora, kanske? Och vad jag vill? Jo det vill jag givetvis. Allt. Ringa. Hänga. Du vet. Vi kan kalla det vänskap, även om det är en subjektiv beskrivning. Tolka det som du vill. Vilken sorts vän du vill. En som svarar när du skriker i svarta hål. En som erbjuder en arm att luta mot när knäna viker. En som lyssnar på annan musik än den du valt, men som ändå sitter kvar bredvid dig i soffan. En som behöver dig alla timmar på dygnet, men som tyglar sig.

För du behöver vara behövd, har vi väl kommit fram till?

Och ingen har lärt mig så mycket som du om... jag menar inte bara... eller det med förstås. Ingen annan har lärt mig så mycket om någonting, hur man uppför sig mot varandra, hur man beter sig. Vad som är skillnaden. Hur man är en hygglig prick, eller en som går över gränsen. (Hur lärde du dig? Är allt det där sådant du bara förstod instinktivt?)

Och jag lär mig fortfarande. Varje gång vi växlar några fraser lär du mig saker.

Men jag förlorade idag. Givetvis hade jag inte råd att förlora, det har jag aldrig, men ibland faller jag för frestelsen ändå.

Det kommer en utsträckt hand trevande genom etern. Och jag tänkte på dig så intensivt på vägen hem att det kändes overkligt att du faktiskt inte var där, att min fantasi faktiskt inte var verklig. Men så kliver du ut ur etern, ditt verkliga jag, med ett högst reellt förslag, och plötsligt känns min fantasi, som var så verklig en minut tidigare, plötsligt så fjärran att jag knappt vågar tro. Men man kan aldrig släppa tron, eller hur? För allt som man önskar sig så får man blanda framstegen med fantasin, förankra visionen i verkligheten, utvärdera och omprioritera, och applicera nya fakta, godkänna nya förutsättningar. Även om somliga sanningar förblir konstanta, finns alltid en variabel som är obeständig.

Så rädd för vekligheten. Jag jobbar på det, men när det börjar brännas föredrar jag sagan. Så mycket jag vill, som jag inte vet hur man gör. Kanske är min första instinkt rätt (det är den) men så övertänker jag, eller jag fegar ur, och allt blir pannkaka.

Men jag fortsätter att tro, att hoppas. Fortsätter sätta ord på mina sumpiga tankar, eftersom jag tror att det hjälper.

Vet inte om du vet, vet inte om det hjälper, men det finns lite plats här bredvid mig. Jag drömmer att du ligger här bredvid, är det ok med dig? Jag har sparat den här platsen för dig, den är din om du vill ha den. Jag har krupit in under din arm så många gånger, är det ok att jag drömmer om dig? Om du vill lägga dig på sidan och låta mig krypa upp bakom dig, om du vill dra min arm om din kropp, om du vill luta dig mot mina andetag, så är jag här, precis här.

Varför man skall välja mig, av vilken anledning jag vill bli vald?...

Så finurlig av dig att returnera frågan. Jag trodde verkligen att jag hade svar på tal, men nu blir jag stum, igen. Försöker rekonstruera vad jag filosoferat förut, men det blir bara svar på varför man skall välja dig, (varför jag väljer dig) och det är inte gott nog, eller hur? Du vill inte veta varför man väljer dig, du vill veta varför man väljer mig, för vad jag vill bli vald.

Så, varför?

Jag vill tro att jag har hittat några saker som fungerar. Jobbar ganska hårt på att hålla kroppen i schack, hålla huvudet i schack. Så om du vill följa med på de premisserna, och hjälpa mig att hålla i dem ibland, så är det värdefullt.

Men sedan tror jag att det är så enkelt, så basalt, som att jag har mina fysiska behov av bekräftelse. Behovet av att gå i takt, att andas i samma rytm, att sömlöst följa en kropp, att någon med lyhördhet och hänsyn och omtanke bekräftar mig. Det kan låta enkelt, men ingen annan har lyckats hitintills.

Och det är ett behov jag har, det är vad jag söker, så om du kan ge det till mig (jag vet att du kan, du en av väldigt få som kan) så är jag beredd att säga att jag är din, gränslöst din.

Så har bordet vänts.

Jag är stark. Jag är frisk. Jag har tillgång till mina verktyg. Jag äter och sover och springer enligt planen.

Men du har trillat mellan alla stolar. Du skriker i kontrollerad panik, och jag lider så obeskrivligt med dig. Jag vill dig väl och jag försöker valhänt, men misslyckas givetvis. Det krävs lyhördhet och det krävs förtroende, kvaliteter jag förbrukat, muskler jag inte tränat, så jag har ingen kapacitet att hjälpa, hur gärna jag än vill.

Det kan lika gärna vara jag, det händer, det har hänt, och det kommer att hända igen. Men nu är det du, och jag vill verkligen verkligen hjälpa. Jag sträcker ut de händer jag har, men fegt. De är verkningslösa.

Jag har några allmänna fraser på lager, som jag kunde publicera i allmänhet, för att öppna några dörrar, eller peka på fönster, men det känns sökt. Jag vill verkligen inte skriva på näsan. Jag vill inte spela präktig, jag vill inte låta ge sken av att jag vet bättre. Jag vill bara leda fint vid handen, distrahera en liten kort stund. Undrar om inte den analoga linjen är kittet som kan limma ihop forntiden i alla fall.

Klockan är alldeles för mycket och jag borde ha släkt för länge sedan. Men jag är orolig för dig. Eller kanske är det mest mitt dåliga samvete. Jag vill vara en god vän till dig, en vän god nog för dig. Du har varit där för mig så många gånger. I all enkelhet har du raderat orkaner av frustration, tankerfartyg med oro har du punkterat enkelt som knappnål mot ballong. Jag vill göra det för dig, givetvis. Kanske är det inte lika enkelt. Kanske krävs andra verktyg. Jag hade vetat om jag vårdat relationen lite bättre. Om jag erhållit ditt förtroende hade jag kunnat vara till hjälp.

Men nu är det inte så.

Du är aldrig ensam i din sömnlöshet. Jag finns fortfarande utmed din ryggrad. Jag är fortfarande här. Så som jag alltid varit.

Du vet fortfarande inte om det, så det är fortfarande värdelöst, men jag kommer att fortsätta höra av mig, spridda skurar av slentrianmässiga fraser, men jag ger inte upp. Om det så skall ta all tid jag har kvar, så ger jag inte upp. Du var den enda som någonsin var värd att offra sig för. Det är fortfarande sant. Det kommer alltid att vara sant. Jag är drottning av plattityder, jag vet. Men jag är här.

Rättelse: när du sa "jag känner inte för att träffa någon" och jag svarade snabbt och enkelt "ok, ta hand om dig, och hälsa katten från mig" för att markera att jag inte blev sårad (det blev jag givetvis) så borde jag kanske ha sagt "ok. Jag har ju hört att det varit lite tungrott på din front ett tag, så jag tänkte att jag kanske kunde lirka ut dig ur ditt huvud en liten stund. Men jag fattar (vet precis hur det känns) så gör du det som du vet fungerar bäst för dig, vi kan ses och höras precis när som helst. Vet inte om det hjälper dig alls just nu, men jag vill bara att du skall veta att du är värdefull. Alla kramar"
Vet inte om det gjort någon skillnad i och för sig, men, ja, duvet....

Känslan av skuld som kommer över mig. Ibland finns en anledning, jag har gjort något jag inte borde, eller något som jag vet att någon misstycker om, eller något jag inte har råd till.

Men ibland är den där känslan bara där ändå, helt obefogad. Skulden är allestädes närvarande. Du behöver inte anklaga mig, eller tro att jag går fri från ett enda av mina klavertramp. Var så säker, de håller mig vaken om natten. Misstag, stora som små, tar varandra i handen och valsar runt i mitt huvud tills jag blir alldeles yr.

Samma, och om igen.

Jag tror precis att jag har släppt, men så slår rekylen tillbaka med full kraft. Det finns nätter jag absolut inte kan sova för att jag saknar dig så vettlöst. (Om du var här hade jag kanske inte sovit ändå, men det är en annan grej.) Och jag vet att jag har rätt. Och du vet att det är så. Och du ber om kärlek, men vill ändå inte. Jag tror att du tror att du inte har någonting att erbjuda. Jag tror att du hatar dig själv ganska intensivt när du är nere, och inte direkt är intresserad av att bli tröstad. Och jag fattar det. Du är vuxen nu, inget barn längre, flera vänliga själar har velat "mamma" dig, men du har en mamma, och hon har gjort sitt jobb. Man kan alltid önska olika detaljer, men det som är gjort är gjort och vi kan bara påverka framtiden, inte det förflutna.

Efter jobbet: borde ta mig samman, men är så trött att jag knappt kan stå. Och jag saknar dig. Du vet, sådär in i märgen. Vill bara ligga bakom dig. Inget mer. I en säng som inte ställer några krav. Bara luta mot din rygg och känna doften av din tvål genom t-shirten. Bara lägga kinden mot och armen om och veta att inget ont kan hända så länge jag hör dig andas. Det är så jag saknar dig. Därför.

Det är lättare att ta goda råd och tillrättavisningar av någon som man beundrar. Om kritik kommer från någon som man vet älskar en är det inte kritik, utan omtanke.

Allt du lärt mig: tydliga riktlinjer för att hålla sig på rätt sida om sträcket. Och det var lätt, ingen diskussion över huvud taget - för mig fanns ingenting att säga emot i sådana självklara frågor (men andra tvekar och trasslar in sig i bortförklaringar, tappar bort det som var värdefullt och förlorar sin värdighet, eftersom det krävs en tydlig linje...).

Och alla de små sakerna; som att lyssna in, vara lyhörd, hur sexigt ödmjukhet kan vara, hur osexigt översitteri är - sådant har du lärt mig genom att bara tystna, genom att bara andas, genom att låta blicken vandra.

Och jag lyssnar noggrant efter vad det är du säger. För du pratar inte en massa skit. När du väl låter orden rulla ur din mun har de bearbetats flera gånger och slipats till perfektion. Du vet vad du talar om och dina ord är värda att ta i beaktning.

Regnet knattar på rutan. Fötterna knastrar när jag går. Lite kall. Behöver kläder. Tittar på youtube om kläder. Behöver läsa. Orkar inte läsa. Behöver dricka. Vätskebrist. Kan inte dricka utan att äta. Vill äta. Vill hela tiden stoppa saker i munnen. Borde träna men helt ärligt tror jag inte att jag orkar plocka ihop mig själv idag. Träningsverk sedan igår, blåmärke under foten, trötthet, leda. Regnet mot fönsterblecket. Vet om att det aldrig är så illa när jag väl kommer ut. Om jag väl kommer ut. Men jag saknar dig. Alla mina knastrande leder, alla blåbär i min frys, varje gram kaffe som passerat filtret i min bryggare - alla molekyler jag förbrukat, all materia jag ansamlat - adderas upp till mindre än min saknad.

Du utgör ytan av min hud, du är de elektroniska reaktionerna i min hjärna, alla mina drömmar om natten, alla mina drömmar om dagen. Jag sträcker mig efter dig när jag vaknar, jag talar till dig från badrummet, ber dig koka gröten lagom mjuk (regnet accelererar mot fönsterblecket). Dina händer erinras när jag knyter morgonrocken (skärpet...) regent accelererar ytterligare. Jag står framför min spegel och väger på mina hälar -din haka mot min hjässa- mina tankar valsar iväg, men du samlar in dem och leder rätt: gröt, te, tidning (världen är hemsk). Jag frågar dig om några relevanta händelser. Du svarar undvikande, utvikande, kringgående, något annat. Senare inser jag hur du menat, och förstår att du har rätt.

Jag klär mig.

- för vem klär du dig?

För mig själv givetvis. Jag gillar inte att frysa, att svettas, att sömmar skär in, eller att köttet hänger ut.

Men jag klär mig för dig, givetvis. Skulle aldrig drömma om att ha någonting du inte godkänt. En t-shirt om blivit struken av din hand, ett par jeans du nypt i hällan, skor som sprungit ikapp med dina steg. Håret hållet hårt i ett grepp i nacken (som när du böjer mitt huvud bakåt...)

På gatan ser jag ut som vem som helst. En väldigt vanlig tjej i jeans och tischa. Men just den tischan, just de jeansen vet jag, om jag mötte dig på bussen, i trappan ner till tunnelbanan, eller om du kom ikapp mig på cykel nerför centralbron. Vet jag. Och du vet. Du ser det de få gånger vi verkligen ses, att jag valt med hänsyn till dig. Jag lyssnar på dina drömmar och dina drömmar är mina drömmar och jag drömmer om dig på natten, och jag drömmer om dig på dagen, varje dag, på jobbet, på stranden, i skogen, eller om jag tar en fika på stan. Och du vet det, du ser det och du vet, hur det blir om du ger efter bara aldrig så lite, så vet du att vi faller mot varandra och att det är svårt att komma loss.

Varför vill du komma loss?

För att du hatar dig själv? Men du förtjänar lycka, det vet alla andra. Många har försökt ge den till dig. Men du tar inte emot. Vill hitta den själv. Vill välja själv (inte bli vald, ok, jag fattar). Men ändå. Du vill ju. Du säger att du vill. Och kanske har du regler kring att inte gå tillbaka till gamla misstag. Och jag kan delvis skriva under på det. Men om misstaget var att vi aldrig verkligen försökte?

En salt smak i min mun, lakrits. Läppar som masserar
tandraden. Hunger. Vi kan kalla det hunger, men jag åt nyss.
Det handlar inte om linsgryta, rostad zucchini, grönkåskchips.
Du vet vad jag menar. Du vet hur du placerat dig med
armarna bakom huvudet och det sneda leendet i ena
mungipan. Du vet vem du är, vad du vill.
Jag brygger tea och rostar scones och dukar med blommiga
servetter. Och du? Sitter med ena foten på ditt knä, brer en
scone med min hemkokta rabarbermarmelad. Säger att det är
väldigt gott, men ser besviken ut. (Man kan stoppa vad som
helst i munnen, men det enda man vill ha...)
Så vi dricker ur teet och bläddrar igenom Netflix. Bullar upp
med kuddar och filtar för att se skräckfilm. Jag springer
nervöst runt i rummet för att dimmra belysningen, tända här
och släcka där, stänga dörren, låsa, dra för gardiner. Och du?
Har placerat dig sådär med armarna bakom huvudet, ena
foten på knäet. Du väntar på mig. Jag lossas att jag vill se
filmen (jag har ingen önskan att se skräckfilm) när jag
äntligen sjunker ner i soffan och vi trycker på play.

Så hur var din dag?

Jo tack, inget särskilt egentligen. Du vet. Men ändå. Lite som att trilla ut genom ett svart hål... Det ser ut som om man har gjort saker: jobbat, städat, lagat mat... men det är på något sätt bara en täckmantel, vet du vad jag menar? (Jag vet att du vet vad jag menar, det är därför jag ringer dig.)

Ännu en dag till handlingarna. Ännu en dag förslösad.

Jag börjar med att sakna dig, varje dag jag vaknar, saknar jag dig. (Det är inte alla dagar jag vaknar, det händer att autopiloten styr hela dagen. Då somnar jag med betong i hjärtat och vet inte varför. Men om jag är vaken vet jag varför.

För att jag saknar dig - därför.)

Jag har förstått att du har det svårt med självbilden. Kanske för att du inte får som du vill, kanske för att du inte vet vad du vill, kanske för att det du vill ligger något väl långt utanför din horisont? Men du skall veta att din kompetens är värdefull. Andra kan snacka skit, men du vet att det inte är sant.

Du behöver någon med samma typ av intuition som du, någon med samma sinne för balans och ordning, samma förlåtelse för det kaos som ändå uppstår, någon som har ödmjukhet nog att ge plats för allt det där såriga, och klarar av att navigera runt det.

Du säger att du har som ambition att behålla dina hobbies, dina vänner. Och självklart, finns ingen anledning att prioritera annorlunda.

Men jag vet att när du går bredvid mig, följer du min rytm, min steglängd, om jag viker av minsta lilla åt höger eller vänster följer du magnetiskt med, jag måste annonsera om jag vill bryta av från din sida. Vet inte om det sker intuitivt, eller om det är utstuderat från din sida, men det ger en känsla av enorm intimitet, en känsla av att du är där, att du har ens rygg, att du är ens andra skin. Det är sådan du är. Ett vi, direkt. Finns inget annat sätt för dig att vara. Du är följsam, kanske på bekostnad av dina egna intressen, i så fall får vi hjälpas åt att bevaka dem. Jag hjälper gärna till. Om det hjälper dig, så hjälper jag gärna till. För jag vill vara med dig. Bredvid dig. Inte på bekostnad av dig, givetvis, utan... du vet... jag tror, att om du låter mig, kan vi hjälpa varandra.

Vad du skall göra med din kväll?

Ett litet papercut på pekfingertoppen, sedan pressa citroner... Att läsa ett magasin - och förundras över missinformationen (den ställer massor av frågor, men svarar inte på en enda).

Att hitta 45 stycken tre minuters videor på youtube som uppslukar din middag (gröna linsbiffar med gurkmeja och ingefära, till det, klyftpotatis och ajvardressing).

Baka havrekakor med tranbär, cocos och vit choklad. Dricka te till och förundras över att du inte har gjort det förut.

Ta en kvällspromenad längs vattnet och njut av att det fortfarande är sommar. Klappa en hund om du möter den, klapparna katt om den talar till dig (undvik att tala till människorna, de är alltid ute efter någonting).

Stanna upp ett ögonblick och betrakta hur ljuset skimrar i vattenytan, hur löven skuggar och bryter.

Ta av skorna och gå barfota i gräset (se upp för ankskit). Stå stilla och räkna långsamt till tio, känn marken under dina fotsulor.

Sök upp en parkbänk. Ta på skorna. Gå hem.

Fäll persiennen. Ställ klockan. Borsta tänderna.

Sträcka armarna upp i luften. Vicka på fingrarna. Vicka på tårna.

Bädda upp sängen. Ta av kläderna. Släck lyset.

Ligg stilla och räkna långsamt till tio. Erinra marken mot dina fotsulor.

Jag går samma vägar.

I tio års tid har jag nött samma stigar, längs med sjön, genom villaområdet, förbi fårfarmen. Samma samma samma, om och om igen.

Men det behövs så lite. Av dig behövs bara en enda rad, en fråga, en tanke, för att jag skall bryta alla mina tidigare mönster och hitta nya ord, nya vägar för mina tankar att vandra. Jag är så evigt tacksam. Vem gör så för dig?

En liten knut under bröstbenet - en onämnbar saknad - sedan en horisont av tistlar att vada igenom.

Ogripliga dimensioner. Drömmar mer verkliga än verkligheten. Din närvaro, så hett önskad, så oumbärlig att jag fabricerar den i din frånvaro.

Och det skrivna ordet; högre värderat än det levda livet. Därför; ambivalent inför. Massan är oöverskådlig, behöver rensas, sorteras. Jag har vikt tid till det, öronmärkt dagar och klockslag. Slappnar av; behöver inte jagas hela tiden, har reserverat plats. Men när vi kommer till platsen är tiden förbi, uppbokad av andra, annat kommer mellan. Det enda man kan räkna med är att ingenting blir som man kalkylerat. Jag gör mig själv helt realistiska mål, men sanningen är att de är lika osannolika som mina vildaste fantasier. Känns meningslöst att vara konstruktiv och logisk, rationell och analytisk, när verkligheten ändå är i total avsaknad av realism.

Så jag fortsätter att gå på min känsla, fortsätter att lyssna på min intuition, fortsätter fantisera, vara irrationell, eftersom det är det enda som är rätt, någonsin.

Jag vill vara någonting för dig, som du aldrig sett förut. Men jag är lik alla kvinnor, samma halvfärdiga utbildning, samma halvtränade kropp, samma halvt sympatiska empati. Och du har varit med andra kvinnor, flera andra kvinnor, som alla liknat mig, haft samma drag som jag, samma ovilja till för mycket smink, samma respektlösa frisyr, samma bekväma och praktiska beklädnad. Om du valt kvinnor som liknat mig, baserat på mig som mall, på samma vis som jag valt män som har drag av dig, baserat på att det är dig jag vill ha, så vore det kanske ok. Om anledningen till att du valt dessa kvinnor var att du saknade mig, på samma vis som alla män som någonsin hamnat i min säng har varit bleka kopior av dig, då kan vi kanske göra om och göra rätt, vara med varandra och försöka vara det bästa vi kan för varandra?

Du är som jag och jag går i dina fotsteg. Jag behöver distraktion, vill att någon talar till mig, lyssnar nogsamt på radio, tv, musik, men först när alla apparater tystnat hör jag min egen avsikt.

Det är så lätt att älska dig på avstånd, du är så ofelbar i min fantasi. Men jag vill ha dig varje dag varje dag varje dag, orkar jag det? Orkar jag med om du inte älskar mig? Om du inte orkar med dig själv? Om du inte vill någonting alls? Vill jag till slut sparka ihjäl dig? Eller orkar jag erkänna mina fel och stå ut med vardagen? Vill ju gärna tro att det är vardag jag önskar mig, men jag avböjer skyggt när erbjudandet smyger sig på...

Onsdag.
Ledig.
En dag att göra absolut ingenting.
Bara tvättstugan är bokad.
Disken, vattna blommorna, dammsuga.
Kanske en promenad.
Ingenting stort.
Ingenting jag måste.
Jag väljer helt själv.
Jag startar om.

Längtar efter skönhet,
längtar efter skogen.
Vill ha ett hus med ett kök,
ett vardagsrum där man kan sitta ner.
Ett sovrum som inbjuder till vila,
och ett arbetsrum där kreativiteten flödar.
Men mest av allt vill jag ha dig, förstås,
det är sedan gammalt,
alltid dig.

Det är inte sakerna. Det är aldrig sakerna. Man tror så gärna att man kan köpa lycka, men pengar och saker är värda väldigt lite när ensamheten är så stor.

Att jag aldrig förstod, förens nu, att relationer är viktiga. Så många människor som jag träffat har varit så lite värda. Är det min oförmåga att värdera dem? Ställer jag för stora krav? Är de flesta människor faktiskt värdelösa? Hur hittar man i så fall dem som matchar en? Som kan hjälpa en? Som bidrar till att saker går runt?

Och det är svårare att lära känna folk ju äldre man blir, svårare att träffa dem, svårare att komma dem inpå livet, svårare att släppa in. Man är upptagen av jobb och familj och spöken i garderoben och agerar misstänksamt om någon uppvisar ett vänligt beteende, tror att de vill en någonting suspekt. Aningslös välvilja är så sällsynt. Både bland vänner och älskare.

Och jag förlorar igen. Jag saknar dig, men jag vågar inte erkänna det för dig. Vill inte vara efterhängsen, men hur skall du kunna gissa? På något vis vill jag tro dig begåvad med övernaturliga krafter, som kan se genom tid och rum och således veta, men jag vågar inte pröva mina teser. Så rädd att bli avfärdad. Så rädd att mina känslor är obesvarade.

Samtidigt vill jag ju verkligen inte tro det. Vill ju verkligen tro på den här kosmiska överensstämmelsen. Och om den är sann, hur mycket skulle jag då hata mig själv för att jag inte vågat?

Oh yes det är en sån där dag igen. Jag saknar dig så att det skriker i mig, och jag kan lova, jag kan nästan lova, jag kan inte helt lova... att jag inte sitter på din trapp i morgon när du kommer hem. Jag gör en livsfarlig övning. Till synes gör jag något annat. I realiteten retar jag min fantasi, gör snubbeltråd av mina drömmar, kväver mig själv med förväntan, sväljer min stolthet när jag misslyckas och låssas att det inte gör någonting, jag mår bra, jag klarar mig, jag går vidare. Jag har ju klarat mig såhär långt, eller hur? Kan lika gärna fortsätta. Eller borde jag verkligen dra i handbromsen? Var brutalt ärlig? Satsa allt på ett kort, och verkligen göra sanning av undergången om den materialiserar sig? (Eller snälla snälla snälla, ring mig, sluta skicka tama sms fram och tillbaka, det leder ju ingenstans. Lyft luren och ring, det brinner i mina ådror, snälla ring mig (jag skulle svimma av nervositet, jag skulle dö av förväntan, men ändå)).

Och jag försöker återkoppla med mig själv, men inte ens jag är tillräckligt intressant för att fånga min uppmärksamhet just nu, till och med jag är för tam för mig själv.

"Förlorad kärlek"?
Kanske är den inte förlorad? Jag har den i alla fall klart i siktet. Den är onåbar, vilket är en annan sak. Men förlorad, det är den inte förarens man ger upp, och jag ger inte upp. Jag fortsätter hoppas, fortsätter drömma, fortsätter önska. Väver ett nät av fantastiska trådar, som en dag skall fånga en sagolik kärlek.

Varje gång jag ser en indikation på att någon hanterat dig vårdslöst är det något som vränger i mig.

Sedan påminns jag om, att den som begått oförrätten kanske är du själv.

Var lite snäll, ge dig själv lite andrum, lite tillåtelse.

Ingen är perfekt. Ganska ofta begår vi misstag, säger oövervägda saker, en förlupen tanke ramlar ut i fel sammanhang. Då får man be om ursäkt, och förlåta sig själv.

Man är inte mer än människa. Inte jag, och inte du heller, (även om du är en bättre människa än jag).

Jag har sagt det förut - skit i "borde", gör någonting som är kul.

Ingen sa någonsin på sin dödsbädd "jag har haft för roligt".

Gör någonting du vill, något som lyfter din själ. Gör någonting som är kul, något du längtar till, något du inte kan undvika, någonting som är lika enkelt som att andas, lika lustfyllt som att älska. Om du bara ids ligga platt på rygg på ditt golv - gör det! En stund... fem minuter eller tre timmar. Det är ok. Res dig när du känner att du är färdig med att ligga på golvet.

Ibland behöver man bara ligga platt på rygg och andas. Vissa kallar det meditation, vissa kallar det siesta, vissa kallar det panisk förlamning och utmattningssyndrom. Vilket tycker du är mest passande? Vilken beskrivning ger dig en öppning mot framtiden?

Själv väljer jag att kalla detta liggande på golvet för andningspaus. Ibland tar det fem minuter, ibland tre timmar. Ibland reser jag mig och går ut och springer femton kilometer, ibland kryper jag upp i sängen och drar täcket över mig. Det är olika. Olika dagar har olika behov. Och det är ok. Det är sådan jag är, och det är ok. Jag gör det jag måste, jag gör det jag vill. Men jag skiter i "borde" eftersom ingen någonsin har tackat en för det.

Ibland tror jag att jag behöver andra människors berättelser. Så jag utsätter mig för dem, fastnar i dem, uppslukas av dem. Det dåliga med andra människors berättelser är att de lämnar en del lösa ändar, massa snårigheter för min vilsna hjärna att spinna loss omkring. Om det är en bra historia kan den fucka up mig i flera veckor. (Fördelen med mina egna berättelser: när jag satt punkt så är den klar, avslutad, uttömd. Givetvis kan jag korr-läsa, och ev formulera om en mening här och där, men själva "historien" springer inte iväg i galna riktningar som håller mig vaken om natten.)

Han sa: Det kommer att gå över. (Prästen i Fleabag*)
Men om det inte gör det?
Jag har trott att det var över, jag har intalat mig själv att jag var över dig, att det var överspelat, att vi var "bara" vänner (och det var sant, vi var vänner). Men andra män jag träffade backade ur möjligheten att ha ett förhållande med mig, "du är inte över ditt ex" sa de. På något vis misstänkte de att den där lilla gropen i min hjärttrakt, den som man vill ge till någon speciell, den var redan upptagen, inte tillgänglig. Jag försökte skaka av mig och sa, "var inte fånig", men det spelade ingen roll. Jag lurade mig själv i många år, tills det plötsligt slog mig en dag: livet utan dig är outhärdligt.
Jag är inte över dig, kommer nog aldrig att bli. Det får jag leva med. Med eller utan dig.

Tänker du på mig ibland? (Det vore så underbart om du tänkte på mig ibland.)

-När jag saknar dig?

Det korta svaret är "hel tiden", men mer ärligt, mer greppbart: nära jag vaknar på morgonen och du inte är där. Jag vill så gärna lägga armen om dig, känna doften av din hud...

Och när jag kommer hem om eftermiddagen, efter jobbet, efter träningen, trött, utschasad, slänger jag mig på golvet och ligger där. Då saknar jag dig, din röst, din välvilja, din förmåga att samla ihop de där trasiga lämmarna och forma en riktning för dem. Du hade den kapaciteten. Jag vet inte hur du gjorde, men du hade den kapaciteten. Alla andra efter dig har bara fått mig att skrika, att känna att livet är en meningslös dragkamp, men inte du.

Du gav tillåtelse, du gav utrymme. Och genom att inte tvinga mig till någonting, blev det genast lättare. Om du, likt andra, sagt "så så, chop chop, in i duschen med dig, du får ligga platt på rygg hela natten sedan, men duscha först, ta på pyjamas, och tryck ner lite microvärmd lasagne i ansiktet, borsta tänderna, bädda sägen, läs tre kapitel i boken som ligger på ditt nattygsbord, så kommer du att sova som en död i fem och en halv timma, innan klockan ringer och piskan viner i luften igen. Så så, chop chop!"

Men du sa aldrig så. Jag ringde dig och frågade "vad gör du, ringer jag och stör?" Och du svarade "nejdå, jag sitter och målar lite grejer bara". Och vi pratade om din dag och vi pratade om min dag, någon obetydlig person lyckades formulera en synnerligen opassande kommentar som satte sig som en kardborre i mitt medvetande, men du lyckades varsamt kroka loss hullingarna. Det kunde ta fem minuter eller tre timmar, men du var där för mig och jag förstod nog inte riktigt hur mycket du betydde för mig. Enkelt avslutade jag samtalet med ett "ok men nu måste jag nog sopa ihop talangen och slänga mig i duschen" och du sa "a men visst, vi hörs" och det var sant. Vi hördes av hela tiden. Jag behövde dig hela tiden, så vi hördes av hela tiden. Du var min vän, hela tiden.

Varför lät jag det förfaras?

- Jag är inte kär i dig, bara så att du vet det...

Där jag stod verkade det som en enkel sak att säga, men jag vet nu, med all min erfarenhet och alla åren som gått sedan dessa ord föll från dina läppar, att de var absolut noga avvägda, framtvingade av ett öde grymmare än jag kunnat föreställa mig.

Jag vet att jag tänkte "det är ok, vi har bara träffats ett par gånger. Man kan inte kräva att någon skall vara kär i en innan man lärt känna varandra." Vet inte om det var vad jag svarade, men någonting i den stilen.

- Men om vi skall hänga så får du lov att vara med mig och bara mig, vill du vara med någon annan säger du till mig först, ok? Inte ha andra bakom min rygg samtidigt...

Det hade jag inga som helst problem med. Du stod i ditt inte helt nystädade rum, med möbler uppenbart ärvda från ett sjuttiotals-vardagsrum som inte passade dig alls (skulle jag bli varse, senare) men jag såg omedelbart upp till dig. Du visste vad du pratade om, du visste vad du ville ha och efter vilka regler man spelade. Du gjorde det väldigt enkelt för mig. Och jag var så tacksam.

Du lagade en pasta med tomatsås och creme fraich. Jag hade aldrig ätit något liknande.

Du hade hyrt film, så vi såg film.

Bra val. Jag kan se om dessa filmer vilken regnig dag som helst. Inte för att de är så excellenta filmer, utan för att det är minnen jag har av dig.

Det handlar oxå om vad vi förväntar oss av kärleken. Om du kan nöja dig med att spendera kvalitetstid med en person som du i alla fall inte känner att du kräks av att vara i samma rum som, om du tycker att det är ok att dela ditt liv med någon som diskar tillräckligt ofta och hänger tvätten hyggligt sorterat, om du är tacksam för att hen går upp och tröstar era otröstliga barn om natten, om det faktum att ni i alla fall har hyggligt lika värderingar när det kommer till moraliska dilemman, eller om du står ut med att ni har helt olika uppfattning om hur ofta som är lagom att träffa släkten.

Om du är en av dem, var så god, grattis. Jag säger inte att livet är lätt, för det är det aldrig, men jag tror att det är lättare. Lättare än om man är en obotlig romantiker som vill ha allt från dag ett, som vill vara svindlande förälskad, kysst så att man tappar andan flera gånger per vecka, ha någon omkring sig som kastar trånande blickar efter en, någon som förstår en intuitivt och vet vad man vill innan man vet det själv.

Somliga kallar mig för hopplös romantiker, "men så ÄR ju inte livet, det måste du ju förstå! Livet är fullt av torsdagar med migrän, ostädade toaletter, inställda möten och trafiktstockning. Man kan inte dricka champagne och äta jordgubbar varje dag, då skulle man inte uppskatta det! Det är stuvade makaroner och sönderkokt potatis och beskt te, det är så livet ser ut, man måste härda ut, det är så det går till...."

Men jag säger nej. För om man låter makaronerna och den sönderkokta potatisen ta över, om man accepterar migrän som en naturlig följd av torsdag, om man vänjer sig vid att sova i skilda sovrum, då kommer man liksom aldrig fram till jordgubbarna och champagnen. Om man nöjer sig med någon som i alla fall borstar tänderna innan det skall sexas, så är risken att man omöjliggör upplevelsen av att någon som verkligen vet hur du skall hanteras , verkligen tänder dig och stödjer dig i ditt uppsåt. Samtidigt som du hindrar dig själv från att bli den bästa partnern för någon annan. Genom att nöja sig med ett förhållande som är "gott nog" undviker man möjligheten att ha ett underbart förhållande.

Sedan gäller det för alla parter att inse huruvida din nuvarande partner har kapacitet att vara din bästa partner, om du låter dem, eller om de de facto saknar essentiella kvaliteter för att möta dig enligt den standard du eftersträvar.

Varför man ska välja mig? (Jag tror jag har det, jag har hittat det och jag har det, äntligen).

För att jag är snäll och tjänstvillig. Men inte för att utnyttjas, utan för att värnas om. Någon som ser min tillgång som en sårbarhet, och vill värna om den, snarare än en tillgång att skamlöst utnyttja i själviska syften.

Och givetvis... det är ju fantastiskt om jag kan vara så omåttligt attraktiv att målsägande inte kan hålla fingrarna i styr... men så kan man ju inte ha det hela tiden...

Och varför skall man välja dig? Vilka av dina kvaliteter vill du ha bekräftade? Eller vilka fiktiva egenskaper skulle du vilja bli tillskriven? Kanske att fantasin kan realisera dem? Det enda jag vill, är att du slutar nedvärdera dig själv. Sluta säg att du är värdelös, för det är bevisligen inte sant. Förutom mig har du en hel hög med folk som är SÅ tacksamma att de lärt känna dig. Du har berört, och fortsätter att beröra så många människor.

Din ärlighet och kompromisslöshet beundras av de flesta i din omgivning. Skriv inte av det som värdelöst, för det är det inte. Du gör skillnad. Sluta låtsas något annat. Ta lite ansvar för medkänslan du får, ta emot den. Förlåt dig själv dina brister. Du är älskvärd precis som du är.

- Vi måste prata.

Jag stod i hallen, hade precis klivit ur duschen när jag hörde telefonen ringa. Vattnet droppade från mitt hår och gjorde en pöl vid mina fötter.

- Jaha?

- Jag kommer över. Gå ingenstans.

Ne nej, självklart inte. Jag var inte på väg någonstans. Men sättet du sa det; " vi måste prata" hade en väldigt olycksbådande klang. Skulle jag dö nu? Skulle du avrätta mig? Göra slut på det liv jag levde, det enda jag visste om?

Jag svepte morgonrocken om mig, hade ingen kapacitet att klä mig. Kunde inte andas, kunde inte uppbringa tillräckligt med koncentration för att göra någonting alls. Satt som en saltstod i sängen, vet inte hur länge, tills du uppenbarade dig. Jag hörde dina steg i trapphuset och paniken var total. Jag öppnar dörren för dig och du ser mig precis som jag är. Du kramar om mig och mumlar mitt smaknamn, det som bara du använder. Min kropp är spänd som en vajer och det skakar innanför mitt bröstben. Men du håller mig ifrån dig ett kort ögonblick och säger:

- Vi borde inte ligga med varandra mer.

Det var som jag befarade. Du gör slut nu. Du dumpar mig. All vätska i min kropp forsar, jag gråter och svettas hejdlöst. Jag faller mot golvet, jag pallar inte att stå upprätt. Du lyfter mig i en varsam kram.

- Så, så. Vi kan fortfarande vara vänner. Du får ringa mig precis när du vill och jag kommer alltid att finnas här för dig. Du kommer alltid att vara min vän.

Det var en helt annan sak. Med så små ord limmade du ihop min tillvaro. Om jag fick vara din vän kunde jag fortsätta. Sexet var fantastiskt, men ingenting jag inte kunde leva utan. Din vänskap däremot, hade jag vant mig vid och kunde inte föreställa mig vart jag skulle ta vägen utan.

- Okay! Men om vi kan vara vänner hade du inte behövt dra igång hela den här charaden! Jag trodde du skulle ta livet av mig, men om vi kan vara vänner är det lugnt. Det kan jag leva med. Jag vill vara din vän. Jag vill dig väl, jag önskar dig lycka. Jag vet att jag inte kan göra dig lycklig, men jag önskar dig någon som kan. Självklart!

Och det var sant.

Du var inte kär i mig. Du hade sagt det från början, och du hade upprepat det ett par gånger utmed vägen. Men jag hade nogsamt ignorerat det, eftersom du sov utmed min ryggrad, eftersom du kopplade ditt grepp om mina handleder, eftersom du styrde mina höfter på ett sådant sätt att jag rimligtvis inte kunde tvivla. Men om du nu sa det så, fick jag ta dig för ditt ord.

Mina känslor för dig förändrades inte den dagen. Inte den dagen, och ingen annan dag heller. Jag vill vara din vän. Jag vill att du är lycklig. Om inte jag kan göra dig lycklig, önskar jag dig någon som kan (med tiden som facit: hitintills har ingen kunnat...).

Jag vet många förhållanden som tagit slut så. Man gör det lite lätt för sig "vi kan fortsätta vara vänner" är en ganska sliten klyscha. Väldigt många försöker vara vänner ett tag, vänner med fördelar, vänner, men ju längre tiden går, desto mera ovänner...

Så var det inte. Vi var vänner, goda vänner som ringde varandra alla tider på dygnet. Vi ringde varandra när vi behövde varandra (jag ringde dig hela tiden) och jag följde med dig hem till dina föräldrar när du inte ville åka ensam, du lät mig ärva några av dina avlagda möbler, du vaktade mina katter. Jag flyttade från stan och ringde dig varje dag. Du träffade tjej men jag kom förbi som vanligt när jag var i stan. Allting var som vanligt, du var min vän som vanligt och jag fortsatte att önska dig lycka.

Helt utmattad. Som efter magsjuka. Tröttheten i armarna. Inte som av ansträngning, utan som efter anspänning. Nervositeten som flödar i ådrorna, adrenalinet. Viljan att det skall bli bra, vetskapen om vad man vill ha sagt, förmåga att kreera det. Att försöka, att misslyckas och börja om, börja i en annan ände, att förtydliga, lägga in en tankepaus. Att lösa tekniska problem. Att lära sig bruket av skiljetecken. Att läsa självkritiskt och se, att resultatet är närmare den ursprungliga idén, men ännu inte perfekt. Att skriva om. Att nå ut på andra sidan, helt utmattad. Med en färdig produkt som faktiskt är vad den var avsedd att vara... Lyckan, att lägga sig på golvet när man producerat tjugo fungerande rader...

Notera: fucking alla älskar dig. Alla som någonsin mött dig, alla som haft förmånen att sitta bredvid när du tänker, alla som har en enda nerv i sin kropp. Alla. Fucking alla älskar dig. Utom du. Hur kan du undvika att se det som är så uppenbart?

Jag lever ett nytt liv, i en ny stad. Nya människor passerar. Några spelar en biroll en liten stund, men passerar sedan ut i periferin. Kvinnor och män passerade. Jag delade bostad med några tjejer, som jag hade svårt att komma överens med. Du tröstade och rådgav. Du hade allt tålamod i världen när jag ringde om kvällarna, sent sent om kvällarna... en ängels tålamod. Kanske för att du inte heller sov så gott då för tiden? Jag träffade någon man, som jag försökte bli beroende av, men han duckade undan erbjudandet. Jag träffade andra. En gång, ett par gånger, men det rann ut i sanden.

Tills Mannen dök upp. Då hade jag varit singel i flera år, väldigt redo att ha en man i mitt liv. Han fångade min uppmärksamhet genom att bläddra igenom min cd-box, som föll ur min väska vid en bardisk en sen kväll. Så vi pratade musik och kom överens. Han följde med mig hem och jag sparkade ut honom följande morgon på väg till jobbet. (På den tiden tog jag fortfarande med mig främmande män hem från krogen även om jag skulle jobba nästa dag. Nu för tiden hinner jag knappt träffas för en fika...)

Jag tänkte inte mer på det, men någon vecka senare springer jag på samma man igen. Han lyser upp när han får syn på mig. Han följer med mig hem igen, och denna gången växlar vi telefonnummer.

Jag ringer honom, vi stämmer träff efter jobbet. Han slutar kl 16, jag slutar kl 23. Han väntar på en pub. Han är drängfull när jag dyker upp, sitter och somnar vid bordet. Jag lämnar honom liggandes i ett barbås och flyr ut i mörkret.

Lokaltrafiken har slutat gå, så jag får ta en taxi. Jag ringer dig. Givetvis. En ensam tjej på väg hem i natten. Alla möjliga faror lurar, och jag litar inte på taxichaufförer. Jag har dig i luren hela vägen. Du skyddar mig mot alla möjliga sorters ovälkomna händelser på det viset. Jag är så tacksam.

Men den här Mannen hör av sig igen. På något vis lyckas han nagla sig fast. Jag träffar hans vänner och tycker de verkar normala. Han säger "allt är inte vad det ser ut som" och jag tycker att han är cynisk. Men jag önskar mig en man i mitt liv och han verkar aspirera på den vakanta posten. Ett halvår senare flyttar jag ifrån lägenheten jag delat med tjejerna, ett par månader senare skriver jag på ett förstahandskontrakt tillsammans med Mannen.

Blir varse att jag inte kan prata ostört i telefon längre. "Vem pratar du med, hur länge skall ni prata, vad pratar ni om, inte om mig väl?"

Så jag går ut för att få luft.

Jag får mindre tid för mina vänner.

Jag tappar kontakten med min syster, med min mormor, med alla jag brukade ringa till.

Dig brukade jag ringa varje kväll och prata tills jag somnade. Så kunde jag inte göra när jag hade Mannen i sängen. Kanske var det inte önskvärt i och för sig. Kanske bar dessa sena samtal vittnesbörd om vår relations sanna natur?

Men jag saknade dig, som bollplank, som verklighetsanknytning, som försäkran om att det inte var jag som höll på att bli galen (jag höll på att bli galen).

Det blev jul och jag åkte hem som vanligt. Jag bodde hos mormor som vanligt och försökte träffa mina gamla vänner som vanligt. Men någonting var lite stelt. Jag var inte riktigt lika fri att gå dit jag ville.

När det blev kväll gick jag hem till dig. Det hade gått tre år sedan jag flyttade. Enligt den tradition vi byggt upp firade jag jul hos mormor, men gick senare på kvällen hem till dig. Vi brukade snacka skit och göra ingenting, du spelade kanske spel på din dator, jag bryggde mig antagligen en kopp te, inga stora gester, jag bara satt i den där soffan en stund och umgicks, helt enkelt. Men det var en viktig del av min jul, av min tid hemma, att få träffa dig.

Men nu när jag satt där med min tekopp och hörde hur min telefon ringde i jackfickan i hallen, kunde jag inte undgå att ifrågasätta mina motiv. Vad gjorde jag där egentligen? Din tjej firade jul med sin familj, och du hade avböjt att följa med, så vi var ensamma. Det var inte utan att jag kastade en förstulen blick på din obäddade säng och frågade mig själv om jag ville lägga mig där? Var det därför jag kom hit?

- Förlåt, men jag tänker inte svara. Det är Mannen som ringer, och han blir så vansinnigt svartsjuk. Jag har sagt att jag är på fest med min syster, så jag ringer honom sedan, och vidhåller den historien.

- Á det där bestämmer du själv hur du vill göra. Jag tänker inte tränga mig på. Du får ringa mig precis hur mycket du vill, som vanligt. Men hur du reder ut det på din front får du avgöra själv.

Någonting skrek inom mig. Jag hade aldrig hanterat svartsjuka innan, visste inte hur den skulle stävjas. Jag hade försökt klargöra att jag är den mest monogama man kan tänka sig.

Jag har inte plats för mer än en person i mitt hjärta åt gången, men han hade avfärdat det med "jag har nog sett brudar på krogen", och det kunde vara sant. Andra kunde bete sig. Men jag var inte "brudar"?

Spelade ingen roll. Misstroendet var grundat. Han fick mig att tvivla på mig själv, du tog ett marginellt steg åt sidan, slutade ringa mig. Jag slutade ringa, över huvud taget, inte bara till dig, utan helt och hållet. Att ständigt bli avbruten med frågor om vem, vad, hur och länge man pratade... gjorde tillvaron snårig. Så jag isolerade mig med den där manen. Eller han isolerade mig. Han ville ha mig för sig själv, och det kan vara smickrande på ett sätt, att någon önskar en så hett, men samtidigt omöjligt.

Jag levde så några år. I princip i avsaknad av kontakt med yttervärlden. Jag träffade några nya bekanta, försökte göra mig några vänner, men det haltade. Jag var bjuden, men ombads att inte ta med Mannen, eftersom han somnade på toaletter, kräktes i vestibuler, muckade gräl. Så gjorde han inte när vi umgicks bara han och jag, så vi umgicks mer och mer, bara han och jag. På min bekostnad, förstås. På bekostnad av mitt förstånd.

Nog insåg jag att jag behövde göra mig fri från honom. I olika etapper blev det uppenbart. De olika försöken att återupprätta mitt liv kom på skam om och om igen. Jag lyckades flytta ifrån honom, men vi skulle vara vänner. Jag hade inget problem med konceptet. Han däremot, hade en helt annan definition av hur vänskap fungerar, så även den relationen blev slitsam. Jag sökte vänner, men Han stod i vägen för mina ansträngningar. Jag försökte återknyta med mina värderingar, men fann att det var svårt så länge Han fanns med i telefonboken. Till exempel frågade jag honom: " men om jag skulle träffa någon?" Och han svarade "Då dör jag" utan att blinka. Det var inte vad jag ville höra. Så säger inte en person som vill ditt bästa. Så säger inte en person som bryr sig om dig. Så säger en person som sätter sitt eget välbefinnande först, på bekostnad av allt och alla.

Det tog lång tid. Alldeles för lång tid, innan jag insåg att om jag skall kunna göra någonting som gör mig glad måste jag radera Mannen ur min tillvaro.

Men jag gjorde det. Inte för att det var lätt, men det var nödvändigt. En dag åkte jag dit för att hämta mina sista saker, lämnade nyckeln i brevinkastet och ringde honom när jag var väl hemma och trygg igen. Han blev bestört förstås. Men inte överraskad. Och han höll sig för god för att försöka manipulera mig ytterligare. Sista tåget hade gått, och han visste det.

Så jag är av med honom. Jag är fri från den som avskärmade mig från allt gott i värden, från alla mina vänner.
Återstår nu att bygga upp det igen.
Återstår att återvinna förtroenden man förbrukat. Att bygga starkt sådant som bara tålamod kan stabilisera.

När jag var ung: så full av tillit! Frågor som inte hade några uppenbara svar, eller som folk undvek att svara rakt på, väntade jag tålmodigt, och fan anledningar i marginalen. Summan av olika lösrykta fraser var mer värt än de monologer folk inövat levererar för att de tror att det är vad som förväntas av dem.

Och det var givetvis ännu mera sant när det kom till dig. Dina vänner sa om dig "honom vet man aldrig vad han tänker/han svarar aldrig rakt/ ingen vet vad han tycker egentlig" och jag vet att jag tänkte "jag vet, jag kan berätta för dig om du vill" men innan jag hunnit dra efter andan hade dylika personer redan stressat iväg i något annat resonemang om någonting annat. Och jag tänkte att det är nog precis därför; alla som inte skriker högt, alla som inte levererar inövade monologer, - behöver inte vara för att de inte har någonting att säga. Kan vara så att de vill att du lyssnar. Kan vara så att det krävs lite plats, lite tid, lite kapacitet av din hjärna att ta in ett intryck du inte känner igen. Kanske är därför.

Och jag vet att jag reagerade när någon försökte ställa dig mot väggen, någon försökte pressa dig på ett svar, och du sköt upp axlarna och sänkte blicken, och jag tänkte "sådär gör man inte! Ge lite plats, ställ en öppen fråga, lämna utrymme. Kräv inte svar direkt, ge ditt förslag, men håll dörren öppen för andra åsikter. Så öppnar man för möjligheten att berikas av någon annans åsikt, erfarenhet eller ståndpunkt. Ingenting är enkelt i det här livet. Inga svar är svarta eller vita. Ge en synpunkt, men lämna öppet för andra alternativ."

Och det var väl så det var. Jag var närvarande. Jag frågade och lämnade dörren öppen. Jag gav min åsikt, inte som om jag visste allt, utan som om jag övervägde alternativen, och du fyllde i med dina tankar. Och det var så vi var.

Jag trodde att det var en ojämlikhet, detta mitt behov av dig. Och jag valde att alla det "jag saknar dig/ jag har tänkt på dig nu igen", när det egentligen var mitt behov av dig. Men eftersom behov alltid är lite snåriga att erkänna, valde jag att kalla det saknad. Och jag försökte projektera behovet till dig - du skulle behöva mig - eftersom jag behöver vara behövd... Någonting klack till i mig dock, när jag förstod att även du gillar att vara behövd. Vi gillar alla när vi har en funktion. Att vara behövd av någon kan ge en legitim anledning till vår tillvaro. Och jag behöver dig, massor, hela tiden. Det var därför vi var så goda vänner, så länge. Jag behövde dig, och du vägrade att frånsäga dig det ansvaret. Hade du gjort det hade du sårat mig, och potentiellt förtjänat mitt förakt. Kanske hade det varit enklare för mig att komma över dig, om du förskjutit mig?

Men nu hände det inte så. Jag distanserade mig. Jag hittade någon annan som skulle vara där för mig, någon som sa "jag har din rygg". Skillnaden, blev jag varse, var just att den nya någon, inte alls förstod vad som ingick i uppdraget. Så jag saknade dig. Jag behövde dig. Jag behöver dig. Varje dag, varje morgon jag vaknar, varje ledig minut, varje arbetsdag, varje kväll som står mörk utanför mitt fönster, behöver jag dig. Jag vill fylla en funktion. Mardrömmen var att du sa " du behöver mig mer än jag behöver dig" men du svarade i realiteten "men så har jag aldrig sagt."

Jag ältar. Jag vet. Omtagningar i det oändliga. Jag hittar fler saker att berätta. Fortfarande. Men man måste gräva djupt för att komma dit. Det blir några repriser på vägen. Det är sant. Men ju djupare jag gräver, desto fler skatter. Jag är inte färdig ännu. Krävs någon slags målgång. Krävs att drömmen realiseras. Först då kan jag avsluta, slå igen pärmarna och veta att jag slutfört projektet.

Först realiserar vi fiktionen, sedan gör vi fiktion av realiteten. Vi kan kalla det återbruk, om du vill. En typ av cyklist narrativ. Tar aldrig slut.

Saker man inte säger rakt ut.

Du sa aldrig till mig hur du kände. Jag sa aldrig vad jag upplevde. Givetvis sa jag inte det. Det hade varit för mycket. Du var inte mottaglig för den typen av bekräftelse, så jag lät bli.

Men det vi faktiskt sa till varandra, så som vi tog i varandra, så som vi ringde varandra om natten när lakanen trasslat sig och svetten stelnat, så som vi frågade varandra "vad gör du då?" Och svarade att nejdå, jag har fortfarande inte diskat, och jag borde kanske stänga ner datorn, men...

Det behövde aldrig sägas rakt ut. Bara ditt sätt att andas i den där telefonluren fick min puls att gå ner. Bara det faktum att du fanns där i natten, tillgänglig fastän på flera mils avstånd, bekräftade att jag inte var fullt så ensam som jag kände mig. Du bekräftade mig, och gjorde dig på det viset så omåttligt värdefull.

Jag har någonting att ge nu.

Då för tiden, i den mörka natten, när ensamheten blev för stor, och du ringde mig, och jag inte hade några sunda råd. Allt jag kunde erbjuda var mitt tama kött, så jag erbjöd det, och du sa, ok. Det var en distraktion. Det var en puls mot din, det var andetag att lyssna till i natten. Så du sa ok, tack. Du hade velat ha någon som kunde svara på frågor, någon som kunde leda dig vid handen, någon som kunde peka på vägen, så att du kunde gå den själv. Men jag hade ingen aning. Varken om mörkret eller hur man gjorde med det.

Då för tiden.

Och jag vill ha dig tillbaka. Inte för att natten är så mörk, eller ensamheten så stor, utan för att jag behöver dig, som en puls mot min, som andetag att lyssna till.

Och jag var rädd att du inte skulle gilla mig längre, för kroppen har åldrats. Jag är inte fullt lika mjuk och smidig som jag var. Uppenbarelsen är lite ärrad och fårad. Huden har mist något av sin forna spänst.

Men på samma sätt som det aldrig var kroppen, även om den var det enda jag kunde erbjuda, är det inte kroppen nu heller. Den är den man ser, men nu för tiden vet jag några saker om mörkret, kan leda vid handen, och peka på vägen, så att du kan gå själv, om du vill.

Kanske fungerade vi, för att jag inte ställde krav. Jag vill aldrig ställa krav, gentemot mig, men jag vill kräva några saker av dig, gentemot dig själv. Några små trix. Inte för min skull, utan främst för din egen.

Jag vill att du ändrar ditt narrativ.

Säg aldrig "jag är värdelös" igen.

Ok?

Det är rent faktamässigt inkorrekt, så du får aldrig mer säga så. Säg hellre "jag känner mig värdelös", det kan vara helt sant, men en känsla är övergående, den kan vara annorlunda i morgon, eller om fem minuter. Du har alltid rätt till dina känslor. Din upplevelse är alltid din och ingen annan kan definiera den. Men fakta är en annan sak. Där finns rätt och fel och det går mätbara markörer mellan dem. Och du är inte värdelös. Du har flera kollegor som uppskattar dig för din kompetens och ditt sinnelag, du har flera vänner som ställer dig väldigt högt på grund av din moraliska kompass, din ödmjukhet och din finstilta ironi. Så värdelös är du INTE!!!

Det går långsamt upp för mig nu, hur illa det var.
Jag valde då, att benämna det vi hade, som två vilsna själar, som fan varandra i en särskilt svår tid, och vi var där för varandra. Vi visste att det inte skulle vara för evigt, vi var överens om det. Men vi var där för varandra, i denna särskilt vilsna tid, och vi tog oss igenom det, och vi kom ut på andra sidan, och vi gick vidare.

Andra har sedan dess ställt krav på dig, "skärp dig, skaffa en utbildning, skaffa ett jobb, skaffa en lägenhet, skärp dig, klipp dig, kom igen! Vissa saker måste man göra, även om man inte gillar det".

Men jag ställde aldrig krav. Du sa "jag är inte kär i dig" och jag tog det inte som en provokation, jag tillät dig. Det var ok. Du sa "vi borde nog inte ligga med varandra", och jag frågade "dumpar du mig nu?" men du svarade att nejdå, vi kunde fortfarande vara vänner. Då var det ok. Jag kunde inte kräva av dig att älska mig, jag kunde inte kräva av dig att ligga med mig, även om jag tyckte vi hade det ganska bra, att vi var snälla mot varandra, att vi delade alla de finstilta paragraferna i kontraktet, så krävde jag aldrig någonting av dig, som du inte gav mig frivilligt. Och jag hade allt tålamod i världen, med att lyssna in när du behövde prata. Du sa aldrig så många ord, man kunde inte pressa dig på information, men om man väntade tålmodigt, om man gav dig plats att vara, tid att andas, så berättade du.

Jag hade den tiden, jag hade det tålamodet. Jag ställde inga krav, men fick ändå allt jag önskade. Då för tiden.

Skulle det förändras?

Jag har blivit mindre tålmodig, mindre bra på att ta in andra människor, sämre på att lyssna, sämre på att läsa mellan raderna. Sådant kommer med en horribel fördröjning nu för tiden. Jag inser att jag trampat i det och skäms. Och jag ber

om ursäkt, om tillfälle ges. Och jag ställer krav, nu för tiden.
Har blivit bättre på det. Berömmer mig själv om att kunna dra
gränser, inte kompromissa mig sanslös. Det är en bra kvalitet i
affärssamanhang. Men kanske inte privat. Kanske inte om
man vill vara privat med dig...

Menar att jag är villig att prova, villig att känna mig för, lära
mig bli känslig igen, fälla ut tentaklerna och plocka upp
vibrationer i luften. Om det är vibrationer av dina andetag, så
är det definitivt värt det.

Hur skadad jag måste ha varit, som inte reagerade på en så allvarlig depression. Men det löste sig. Jag lärde mig att inte vara rädd, för det blir bättre, sedan. Jag lärde mig att ha tilltro till "sedan". För det blir bättre. Man kommer ut på andra sidan och kan plötsligt andas igen. Man kan föra en diskussion om livet och om vad som skaver och det känns bättre, "sedan".

Jag lärde mig att tro på "sedan".

Och jag trodde på "sedan" och jag sov bredvid dig. Och du vilade några timmar i min famn och det var inte perfekt, men det var bättre än den stora svarta säcken där natten gömde allting, så du la dig ner bredvid mig och jag lät dig vara. Jag frågade ingenting, i trygg förvissning om att du skulle berätta när du kunde andas igen. Så snart paniken släppt sitt hårda grepp om ditt bröst skulle bu börja konversera, och jag skulle lyssna och det skulle bli bättre, sedan.

Jag har fortfarande en stor tilltro till "sedan".

Och det är nostalgi, givetvis är det nostalgi. Alltihopa. Allting, från viljan att börja mitt nya liv (allestädes närvarande sedan tidernas begynnelse) till återfinnande av gamla möbler, gamla kläder, gammal musik, gammal vänskap (du vet att jag brukade ringa och be "snälla berätta någonting roligt") och jag saknar det. Jag behöver det. Jag är nära nog medvetslös av utmattning, men mina tankar spinner runt, runt, och jag behöver dig, någon, vad som helst egentligen, men helst dig, för att dra i handbromsen, hejda denna vansinniga trötthet, tämja den, stöpa den i en form och lägga ner den mellan lakanen, släcka lyset och sova litegrann. Trött ju, utpumpad sa jag ju. Snälla stryk mig medhårs och red ut tovorna. Snälla.

Och vet du... jag bad dig. Om en konspirationsteori. Du sa att du ingen hade, men gav mig snabbt tre exempel på grejer att läsa. Jag skrattade och läste och kom fram till följande:
Det är inte konspirationsteorierna jag är ute efter, förstås.
Det är dig jag vill ha, din röst, din tröst. Det är sedan gammalt.

Jag brukade be "berätta något roligt" och det handlade inte om konspirationsteorier, för mig, det handlade om att få höra några andra tankar än det som centrifugerades i mitt huvud.
Jag hade kört fast och kom inte vidare, så jag behövde input från någon annan stans, någon annans hjärna, någon annans tankar, för att slippa lyssna på mig själv.
Men konspirationsteorier var din grej, så jag lyssnade, och jag kom att älska dem. Inte för sin egen skull, utan för att du fanns där, med din röst och din närvaro. Du erbjöd din tid, vilken är det mest värdefulla du kan erbjuda någon.

Det finns dagar man inte borde varit lämnad ensam.

Det inser man efteråt.

Man knallar på och kan inte minnas var dagarna gått, vad man gjort, "ingenting" svarar man på frågan. Men det är inte sant. Man har företagit sig saker, som man helst vill glömma, som man redan glömt, förträngt, för det var ingenting att skriva hem om. Eller, om man nu berättade för någon, skulle man ju mötas av den där oförstående blicken som undrar "wtf girl!" Och man vill inte förklara, man vill inte försvara, man vill bara stänga dörren om det där mörkret och låtsas att det inte finns. Man trycker undan det med ett påklistrat leende, säger "det är bra tack, och du?" Samtidigt som den svarta saven bubblar och sjuder under ytan. Men man tycker ner och tillbaka, man håller näsan över ytan, man kliver på och ibland lyckas man tillryggalägga en viss distans, man borstar av sig och andas ut, tror att man klarat sig. Så man slappnar av, sätter sig ner. Tror kanske att man kan läsa en bok, eller lyssna på en skiva, eller se någonting obetydligt på tv. Det kan gå bra i flera dagar, veckor ibland. Men så rätt vad det är, ett obevakat ögonblick, kommer detta slemmiga krypande. Men vet aldrig varifrån, men det griper tag om bröstkorgen och hindrar andetagen från att generera syre till kroppen. Och där kan man bli sittande, liggande, stående. Det händer att man går till jobbet, att man träffar vänner, att man presterar någonting. Det händer. Man trycker undan och pressar sig framåt, "jo tack det är bra, och du." Dagar passerar på det där viset, veckor ibland. Men så släpper det, lika plötsligt som det kom. Solen går upp utanför ens fönster en dag, kanske är det en vän som ringer, kanske är det denna speciella någon som betyder något alldeles speciellt för dig, som hör av sig på någon våglängd, och känslan är som att dra proppen ut badkaret. Färger får en annan lyster, musik en annan klang. Man vänder sig om och ser på vad man gjort, vad för tid som passerat, hur man förvaltat den, och man förundras. Man kan ha varit oförklarligt produktiv, eller förvånansvärt destruktiv, båda förekommer, och man inser att man inte borde blivit lämnad ensam. För utlämnad till sitt eget omdöme, händer att man fattar beslut som man aldrig fattat vis sina sinnens fulla bruk.

Hej....

Gör du något speciellt i morgon?

Jag har ett grovt behov av att komma å hänga på din soffa...
Jag kan ta med veganska kolor... eller laga rödbetsbiffar...
eller bara praktisera självbehärskning och asketisk
återhållsamhet. Men jag tror inte det är nyttigt att göra det
med det här geografiska glappet längre. Jag har försökt att
leva utan att ha dig som vän, på nära håll. Det går inte så bra.
Jag är medveten om att det kan vara farligt att villkora sin
lycka med en annan person som variabel. Man blir väldigt
beroende. Men jag är lika beroende vare sig du vet det eller
inte. Vare sig du är i rummet eller inte. Jag är fullt medveten
om att du inte kommer att göra mig lycklig varje dag. Men jag
vet att du kommer att göra mig lycklig vissa dagar. Och dem
vill jag inte vara utan.

Plötsligt övermannas jag av känslan att jag är en dålig person, en dålig vän, en dålig konversatör. Jag bladdrar iväg irrelevant information, som ingen hade frågat efter, som ingen förstår referensen ikring, och som givetvis ingen svarar på. Vad skulle man svara?

Jag är duktig på att rabbla iväg idiot-goja. Måste lära mig lyssna, leverera tydligare skämt, om jag nu skall skämta, säga något som betyder något, om jag nu skall säga någonting alls...

Jag måste skärpa mig. Vara lite angenäm, lagom angelägen och mycket lyhörd. En gång i tiden var det min tillgång. Men det var länge sedan....

Jag saknar dig = jag har dig inte i mitt liv så som jag vill ha dig. Man kan sakna en vän, ring och säga hej och allt är lugnt. Men det är inte så jag saknar dig.

Jag får inte ringa dig, så jag skickar textmeddelanden. Du svarar, med viss fördröjning, med viss återhållsamhet, noga överlagt och korrekt.

Jag vill ha en inbjudan att transkribera denna artificiella kontakt, och göra den omedelbar. Närheten i en absolut kontakt, utan fördröjning, utan eftertanke, utan censur...

Och vad jag var: ett tomt kärl, en tyst mun, ett lystrande öra, redo att formas och fyllas med vad som helst. Och du gjorde det. Varsamt, omtänksamt, långsamt, fyllde du mig med intryck, avtryck, former.

Och nu: har jag erfarenheten. Men jag behöver dig. Eftersom formerna, intrycken, avtrycken du lämnade efter dig, inte går att foga samman, med någon annan. Du formgav mig, jag lät mig formas, har aldrig haft en enda invändning mot någon av dina färger. Så jag står här, redo, väntande.

Några detaljer har adderats sedan du förfärdigade mig. Vinden och tiden har givit en viss patina, mossar och lavar dekorerat vissa skrymslen. Skrämmer det dig? Vad är det som skrämmer dig? Jag är lika rädd för närhet som du, lika rädd att såra, att bli sårad (det sker oavsiktligt hela tiden, huden är så skör, rörelser så häftiga). Men det finns ett jag önskar, bara ett i livet, förutom det jag byggt upp själv. Det jag tar med mig kan du dra fördel av om du vill. Jag delar så gärna med dig.

Och du tar fem minuter på dig att svara (du kan ta flera dagar på dig att svara) och det är ok. Egentligen är det ok. Rent faktamässigt är det ok. Givetvis! Men emotionellt... upplever jag att du hatar mig. Du stänger mig ute från det jag vill ha, låser grinden framför huset jag vill in i, säger se, men inte röra. Och jag förstår. Jag respekterar. Rent faktamässigt. Men emotionellt... rasar ett vansinne som river sönder mig, får mig att kasta mig fram och tillbaka i min säng, kvävda skrik manifesteras i migrän, outlösta orgasmer lägger sig som en sur odör runt min person...

Givetvis är det vansinne att älska dig så. Men det är inget val jag gör. Hängivelsen inför denna sanning stammar ur ett behov uppdämt under så många år.

Jag försökte leva mitt liv, så som andra gjorde, en bit i taget. Men någonting skavde, någonting var alltid fel. Så när insikten slår ner i tillvaron, när fördämningen lossnar, när sanningen står där, naken, sårbar, skälvande, har man inget annat val än att acceptera den. Kanske är den realiseringsbar, kanske inte. Men den är lika sann, oavsett.

Men. Som du kan gissa. Var dessa gummibjörnar en klen tröst. En vag distraktion. Som allting som man stoppar i munnen när man egentligen vill tala, känna närhet, samhörighet, tillit. Men inte vågar.

Så man stoppar saker i munnen, för att hindra tungan från att tala, för att distrahera läpparna från att viska, stoppar man saker i munnen. I en rasande fart tömmer man innehållet i små påsar, skrapar rent från tallrikar, tömmer botten upp ur flaskan man drack...

Och eftersmaken.

Är inte som när man går från ett möte med en god vän: lätt om hjärtat, lätt i steget, tillitsfull och varm.

Utan: mörk och slemmig, tung och fet, med en stel artificiell beläggning kring sådant som var utformat för att känsligt avläsa varje nyans i en verklig verklighet.

Men man hemfaller åt substitut. Man hemfaller åt artificiella färger, artificiella smaker, konstgjord upplevelse - eftersom man inte vågar vara sårbar inför dem som kunde vara en behjälplig...

Ibland säger du:
- idag var en sån där dag, när jag inte ville komma hem till ensamheten.
Eller:
- om man inte har någonting för sig får man gärna komma förbi och hänga på min soffa.
Och det gör ont i mig. Dels för att jag jobbar stenhårt på att inte känna lika dant. Jag har så många verktyg, så många metoder, så många ursäkter som jag begagnar mig av, för att inte trilla i dylika svarta hål.
Det är också sant, att jag varje dag kämpar för att inte åka hem till dig. Varje dag skapar jag små kedjor som binder mig, hindrar mig, från att göra det enda som känns rätt, det enda jag verkligen vill. Den största anledningen är alltid, att jag inte är bjuden...
Så det gäller att identifiera sina triggers. Att se dem i ögonen och desarmera dem. Eller att noga bevaka sina gränser, så att man aldrig behöver gå nära? Det är trots allt väldigt instabila explosiva brandfarliga ämnen vi talar om. Det här stackars hjärtat, som pumpar på och sliter i kroppen, som vet vad det vill, som vet vad det behöver, men så kommer erbjudandet, uthängt på realisation, men utanför min räckvidd...
Kanske kan jag göra det genom att vara ärlig? Genom att peka på det fat där mitt hjärta ligger, öppet, redo att slukas.

Varför jag inte är över dig?

Du var aldrig kär i mig, men delade allt. Du var där för mig och jag var där för dig. Du sa "vi borde inte ligga med varandra" men fortsatte att sova utmed min ryggrad. Du sa aldrig nej, du sa "jag är här för dig, som alltid" och det var sant. Det var jag som avvek. Det var jag som flyttade från stan, det var jag som slutade ringa. Det var jag som förlorade. Du sa aldrig "stick". Du svarade, när jag sa att jag var rädd att vi setts för sista gången "nejdå" som om det var självklart att vi skulle ses igen, hänga igen, ringa varandra igen. Man har sina faser i livet, men vänskap är konstant. Du fick mig att tro på det. Du vaggade in mig i den tryggheten. Kanske för att du själv behövde den? För att du inte står ut med tanken på att du kunde avfärda någon?

Jag älskade dig på det enda sättet jag visste, det enda sättet jag kan. Total hängivenhet, total symbios, villig att släppa allt när som helst, för din skull. Och det var du som lärde mig. Är det så kärlek ser ut, även för dig? Det är inte så du är van att få kärlek, men det är så du ger...

Det var sant då, och det slutade aldrig att vara sant.

Vad som betydelser mest?

Hur man än spenderar sina dagar, så är det början och slutet som spelar störst roll, med vem man vilar och återhämtar sig, vem som erbjuder vila och återhämtning. Det måste finnas ett förtroende, en välvilja. Så svårt att säga varför det blir somliga, och andra aldrig kan kvala in.

Hur mycket man hänger på fb är inte avgörande för hur man mår, det är hur man mår som avgör hur mycket man hänger på fb...

Med varje verk en konstnär producerar, kommer ofrånkomligen frågan: hur mycket av dig själv är det som gestaltas? Hur mycket är självupplevt, hur mycket är fiction? Och som brasklapp på försättsbladet i vissa romaner kan man läsa:

"Alla personer och situationer i boken är helt och hållet produkter av författarens fantasi. Alla eventuella sammanfallanden med verkligheten är helt oavsiktliga." (Då vet man att författaren är ute efter att smutskasta knapphändigt kamouflerade personer i känsliga och skandalösa situationer)

Eller:

"Jag har här återgivit allting precis så som det utspelade sig, alla personer och situationer är återgivna helt utan hänsyn till att jag själv inte framstår till min fördel."

- Och då vet man att man kommer att få sig till livs en kraftigt tillrättalagd version som med största sannolikhet ger alibi främst åt författaren, men oxå för dess närmaste vänner.

Så på frågan hur sann berättelsen är: givetvis är den helt sann, givet att det är så som jag mins den. Med reservation för att jag bara konsulterat men egen minnesbank. Eventuella övriga aktörer kan ha en helt annan version av det inträffade.